OETINGER TASCHENBUCH

Paul Maar, 1937 in Schweinfurt geboren, studierte Malerei und Kunstgeschichte und war zunächst als Kunsterzieher tätig. Seit Jahren gehört er zu den erfolgreichsten und vielseitigsten Kinder- und Jugendbuchautoren. Er erhielt zahlreiche bedeutende Auszeichnungen, u.a. den Deutschen Jugendliteraturpreis für sein Gesamtwerk.

Paul Maar

Lippels Traum

Oetinger Taschenbuch

MIX
Papier aus verantwortungsvollen Quellen
FSC® C014496

Sonderausgabe 2018

Poppenbütteler Chaussee 53, 22397 Hamburg
Juni 2018

Titelbild: Henriette Sauvant
Innenillustrationen: Paul Maar
Druck: GGP Media GmbH, Karl-Marx-Straße 24,
07381 Pößneck, Deutschland
ISBN 978-3-8415-0538-5

www.oetinger-taschenbuch.de

»Wenn wir jede Nacht das Gleiche träumten, würde es uns genauso beschäftigen wie alles, was wir täglich sehen.
Wenn ein Handwerker sicher sein könnte, jede Nacht zwölf Stunden lang zu träumen, er sei König, so wäre er ebenso glücklich wie ein König, der jede Nacht zwölf Stunden lang träumte, er sei ein Handwerker.«

Diese Sätze hat Blaise Pascal geschrieben.
Das war ein Philosoph und Mathematiker, der im 17. Jahrhundert in Frankreich lebte. (Er hat sich zum Beispiel die erste Rechenmaschine ausgedacht.)
Pascal hatte die Gewohnheit, seine Ideen, Gedanken, Einfälle auf kleine Zettel zu schreiben, um sie nicht zu vergessen.
Nach seinem Tod fand man in seiner Wohnung einen ganzen Stapel solcher kreuz und quer beschriebener Papiere. Es war sehr schwierig, sie überhaupt zu entziffern. Aber seine Notizen waren so lesenswert, dass man sie in einem Buch veröffentlichte, das man »Gedanken« nannte. (Auf Französisch heißt das »Pensées«.)

Als ich die Notiz oben las, stellte ich mir vor, wie es wäre, wenn jemand wirklich jede Nacht vom Gleichen träumte. Könnte der überhaupt noch zwischen Traum und Wirklichkeit unterscheiden?
So ist dieses Buch entstanden.

Lippel

Was war das nur für ein Wetter!
Im Kalender stand *Juni,* aber das Wetter benahm sich so hinterhältig, als wäre erst April.
Wenn Lippel zum Beispiel aus dem Haus ging, um für sich und seine Eltern Joghurts zu kaufen, schien die Sonne. Aber kaum war er dreihundert Schritte weit weg, fing es heftig an zu regnen.
Es regnete vier Minuten lang. (Das ist ungefähr die Zeit, die Lippel brauchte, um zurückzurennen, zu klingeln, ins Haus zu stürmen, seinen Regenmantel anzuziehen und wieder hinauszugehen.)
War Lippel dann wieder dreihundert Schritte vom Haus entfernt, kam die Sonne heraus. Und weil er keine Lust hatte, noch einmal zurückzugehen, musste er bei strahlendem Sonnenschein im Regenmantel einkaufen.
Wenn er sich beim ersten Regenschauer aber einmal nicht sofort umdrehte und zum Haus rannte, weil er sich sagte: »Es hört ja doch gleich wieder auf!«, dann regnete es bestimmt den ganzen Nachmittag, und Lippel kam nass wie ein Tafellappen vom Einkaufen zurück.
Lippels Vater sagte oft: »Ich weiß gar nicht, was du gegen das Wetter hast! Es ist doch schön abwechslungsreich.«

Aber Vater hatte gut reden. Er blieb den ganzen Tag im Haus und schrieb an seinen Artikeln für die Zeitung.
Da hatte es Lippel schon schwerer. Schließlich musste er vormittags in die Schule, und nachmittags ging er entweder einkaufen oder in die Stadtbücherei, um sich Bücher auszuleihen.
(Es waren übrigens fast nur Bücher, die vom Morgenland handelten.)
Aber vielleicht muss die Sache mit Lippels Namen erst einmal erklärt werden:
Lippels Vater hieß mit Nachnamen »Mattenheim«, genau wie Lippels Mutter. Deshalb ist es unschwer zu

erraten, dass auch Lippel mit Nachnamen Mattenheim hieß.
Mit seinem Vornamen ist es schwieriger.
Eigentlich hatten ihm seine Eltern den Namen Philipp gegeben. »Philipp« ist kein schlechter Name, und da es ja seine Eltern gewesen waren, die diesen Namen ausgesucht hatten, war es eigentlich nicht recht einzusehen, warum sie nie Philipp zu ihm sagten. Aber genauso verhielt es sich.
Sie nannten ihn nämlich immer Lippel und hielten das wohl für eine ganz normale Abkürzung von »Philipp«. So glaubte der Junge, sein Name sei Lippel, bis er sechs Jahre alt wurde. Mit sechs kam er in die Schule, und dort erfuhr er zu seiner Überraschung, dass er nun der Schüler Philipp Mattenheim sein sollte.
Später, als er dann schreiben konnte und die anderen aus seiner Klasse lesen gelernt hatten, kam eine neue Schwierigkeit hinzu: Wenn er seinen Namen schrieb, lasen die anderen immer »Pilipp«, weil sie noch nicht wussten, dass man »Ph« wie »F« ausspricht.
Wenn zum Beispiel bei Herrn Göltenpott, dem Kunstlehrer, zu Beginn der Stunde die Zeichenblöcke ausgeteilt wurden, lief das so ab:
Herr Göltenpott stürmte ins Klassenzimmer, ging sofort zum Schrank, holte den Stapel Zeichenblöcke heraus, legte ihn auf der ersten Bank ab (dort saß Elvira, seine Lieblingsschülerin), sagte: »Elvira, bitte austeilen!«, setzte sich an das Lehrerpult und las Zeitung.
Elvira entzifferte mühsam den Namen, der auf dem

obersten Block stand, rief: »Sabine!«, und Sabine kam nach vorne und holte ihren Block ab.
»Robert!« Und Robert kam nach vorne und holte seinen Block ab.
Dann vielleicht: »Andreas!« Und Andreas kam auch nach vorne und holte seinen Block ab.
Das ging immer so weiter, bis sie zu Lippels Block kam. Dann rief sie nämlich »Pilipp!«, und nun entstand erst mal eine Pause.
Elvira rief noch einmal: »Pilipp!« Aber niemand kam nach vorne, um den Block abzuholen.
Herr Göltenpott merkte, dass etwas Ungewöhnliches in der Klasse vorging, faltete seine Zeitung zusammen,

nahm seinen Kaugummi aus dem Mund, wickelte ihn in Silberpapier und steckte ihn in seine Jackentasche.
Herr Göltenpott war nämlich nicht nur begeisterter Zeitungsleser, er war auch leidenschaftlicher Kaugummikauer.
Er kam immer nur kauend in die Klasse. Zu Beginn der Stunde nahm er den Kaugummi aus dem Mund und rollte ihn sorgfältig in Silberpapier ein, am Schluss der Stunde wickelte er ihn wieder aus und steckte ihn in den Mund zurück. Die älteren Schüler behaupteten, er kaue schon seit fünf Jahren an ein und demselben Kaugummi. Aber das stimmte nicht. Elvira hatte ihn gesehen, als er Kaugummis aus einem Automaten holte, und das war noch nicht einmal drei Wochen her. Jedenfalls hatte sie es so in der Klasse erzählt.
Für Herrn Göltenpott fing eine Schulstunde nicht mit dem Klingeln an, sondern dann, wenn der letzte Zeichenblock ausgeteilt war. Deshalb musste er jetzt erst Zeitung und Kaugummi verstauen, bevor er sich der Frage widmen konnte, weshalb das Austeilen der Blöcke so plötzlich stockte.
Lippel bekam von alledem nichts mit. Er kam gar nicht auf die Idee, dass er der Grund dieser plötzlichen Stockung sein könnte. Er wunderte sich nur, dass offensichtlich jemand das gleiche Bild hinten auf den Zeichenblock geklebt hatte wie er: einen Tiger, der gerade ein Feuerwehrauto anfällt.
Erst als Herr Göltenpott mit vorwurfsvoller Stimme sagte: »Philipp Mattenheim, träumst du schon wieder?

Willst du deinen Block nicht in Empfang nehmen? Wartest du, dass man ihn dir bringt?!«, schreckte Lippel hoch, rannte nach vorne und holte auch seinen Zeichenblock ab.
So hörte Lippel schließlich auf drei Vornamen:
Für seine Eltern, seine wenigen Freunde und seinen Onkel Achim hieß er Lippel.
Die meisten aus seiner Klasse riefen ihn Philipp.
Und für einige wenige, die selbst in der vierten Klasse noch nicht begriffen hatten, dass man »Ph« wie »F« ausspricht, war er immer noch der Pilipp.
Da er für sich selbst aber stets der Lippel blieb, soll er hier auch so genannt werden.

Das Leseversteck

Es gab drei Dinge, die Lippel ganz besonders gern mochte: Er liebte Sammelbilder, eingemachtes Obst und Bücher.
Eigentlich mochte er noch vieles andere ganz besonders gern. Aber das hing alles mit diesen drei Dingen zusammen, deshalb kann man die Sammelbilder, das eingemachte Obst und die Bücher schon besonders hervorheben.
Weil er Sammelbilder liebte, liebte er zum Beispiel Milch, Joghurt, süße und saure Sahne und Einkaufengehen.
Das muss man vielleicht etwas genauer erklären.

Es fing damit an, dass Lippel oben auf dem Dachboden drei alte Bücher fand, die »Wunder der Tiefsee«, »Bei den Trappern« und »Im Morgenlande« hießen.
In die Bücher waren große, farbige Bilder eingeklebt, und unter jedem stand eine kurze Erklärung. Manchmal fehlte ein Bild. Dann war da nur ein weißes Rechteck zu sehen, unter dem etwa stand: »Scheich Achmed nimmt fürchterliche Rache an den Assassinen.« Und Lippel musste sich selbst ausmalen, worin die Rache wohl bestand. Er kam zu dem Entschluss, dass der Scheich die Assassinen gezwungen hatte, Tomatensuppe zu essen. Das war die schrecklichste Strafe, die sich Lippel vorstellen konnte.
Sein Vater erklärte ihm, dies seien Sammelbilder in einem Sammelalbum. Man hätte die Bilder früher bekommen, wenn man eine bestimmte Schokoladensorte gekauft habe.
Und kurz darauf entdeckte Lippel, dass es solche Sammelbilder immer noch geben musste: Auf den Milchpackungen waren Sammelpunkte aufgedruckt, sie hießen

»Penny«. Und daneben stand: »Für 100 Penny gibt's spannende Farbbilder.«
Das Wort »spannende« verhieß allerhand. Seitdem sammelte Lippel eifrig Penny-Punkte. Er hatte schon fast achtzig. (Dreiundsiebzig, genau gesagt.)
Die Sammelpunkte gab es nicht nur auf Milchpackungen, sondern auch auf Joghurtbechern und bei süßer und saurer Sahne. Seitdem ging Lippel ausgesprochen gern einkaufen. Selbst bei dem hinterhältigen Wetter, das gerade herrschte. So konnte er am besten darauf achten, dass beim Einkauf nie die Milch oder die saure Sahne vergessen wurde.
Die zweite Vorliebe von Lippel war eingemachtes Obst. Dies brachte mit sich, dass er Frau Jeschke mochte.
Frau Jeschke war eine ältere, dicke Frau mit dicken Brillengläsern. Sie war Witwe und wohnte zwei Häuser weiter auf der anderen Straßenseite.
Lippel lernte sie kennen, als der Briefträger einmal aus Versehen einen Brief in Mattenheims Briefkasten gesteckt hatte, der eigentlich an Frau Annemarie Jeschke gerichtet war. Lippel brachte ihr den Brief.
Da die Tür offen stand, ging er einfach ins Haus. Frau Jeschke saß beim Mittagessen, soeben war sie beim Nachtisch angelangt: eingemachte Sauerkirschen mit einem Klecks Sahne.
Sie kamen miteinander ins Gespräch, weil Lippel fragte, ob er vielleicht den Sammelpunkt von der Sahnepackung ausschneiden dürfte.
Frau Jeschke lud ihn zu einem Schüsselchen Nachtisch

ein, und er lobte die Kirschen so begeistert, dass sie ganz erstaunt fragte: »Schmecken meine Kirschen denn so viel besser als eure?«
»Wir haben gar keine«, sagte Lippel.
»So was! Kocht denn deine Mutter keine Kirschen ein?«, fragte Frau Jeschke weiter.
»Nein, nie«, sagte Lippel und spuckte einen Kern aus.
»Sie weiß wahrscheinlich gar nicht, wie man das macht.«
Und weil er merkte, dass Frau Jeschke jetzt vielleicht ein schlechtes Bild von seiner Mutter haben könnte, setzte er schnell hinzu: »Dafür kann sie aber unsere Zentralheizung entlüften!«
»Nun, das ist auch was wert«, meinte Frau Jeschke, und sie nahmen sich beide noch einmal Nachtisch.
Von da an besuchte Lippel Frau Jeschke öfters. Sie freute sich jedes Mal, wenn er kam. Manchmal gab es einge-

machtes Obst für ihn, manchmal Sammelpunkte. Frau Jeschke sammelte nämlich jetzt für ihn mit.

Man muss allerdings betonen, dass Lippel nicht nur wegen des Obstes und der Sammelpunkte zu ihr kam. Er mochte sie gern und unterhielt sich genauso gerne mit ihr wie sie sich mit ihm.

Mit seiner dritten Vorliebe, mit den Büchern, war das so: Weil er Bücher liebte, las er gerne. Am liebsten las er ein Buch in einem Zug durch, ohne abzusetzen.

Weil er das Lesen liebte, blieb er am Abend gern lange auf. Denn je länger man aufbleibt, desto länger kann man lesen.

Und weil er es liebte, lange aufzubleiben, liebte er den Verschlag unter der Treppe im ersten Stock. Das war Lippels Versteck.

Familie Mattenheim wohnte in einem Einfamilienhaus, in dem schon Lippels Großeltern gewohnt hatten, bevor sie nach Australien ausgewandert waren.

Lippels Zimmer lag im ersten Stock, gleich gegenüber der Treppe. Dummerweise hatte die Tür zu seinem Zimmer oben eine schmale Milchglasscheibe. So konnten seine Eltern immer sehen, ob bei ihm Licht brannte oder nicht. Sie mussten dazu nicht einmal die Treppe hochsteigen. Man sah es schon, wenn man unten im Flur stand.

Und wenn Lippel gerade beschlossen hatte, nach dem Zubettgehen noch ein Stündchen oder zwei zu lesen, kam bestimmt keine Viertelstunde später seine Mutter ins Zimmer und sagte: »Lippel, Lippel, Lippel! Hast du wieder das Licht an! Jetzt wird aber endlich geschlafen, schließlich hast du morgen Schule!«

Dann fuhr sie ihm noch einmal durchs Haar, wartete, bis er das Buch unters Bett geschoben hatte, knipste das Licht aus und ging wieder nach unten.

Eine Zeit lang hatte Lippel versucht, mit der Taschenlampe unter der Bettdecke zu lesen. Aber das war unbequem und umständlich: Man musste in der einen Hand das Buch und in der anderen die Taschenlampe halten, und wenn man die Seite zu Ende gelesen hatte, hatte man keine Hand frei, um umzublättern.

Deshalb war Lippel schließlich auf den Verschlag gekommen. Das war so eine Art Wandschrank mit schräger Decke, den Lippels Vater unter der Treppe zum Dachboden eingebaut hatte. Dort wurde alles aufbewahrt, was sonst nur im Weg stehen würde: Dosen mit Ölfarbe oder mit Salzgurken, leere Kartons und volle Limonadenkästen.

Es gab im Verschlag auch Licht. Und irgendwann, als Lippel nach dem Zubettgehen noch einmal aufgestanden war, um aufs Klo zu gehen (natürlich mit einem Buch unter dem Arm), war er auf dem Rückweg nicht nach rechts in sein Zimmer gegangen, sondern nach links geschlichen, hatte leise die Tür zum Verschlag geöffnet und das Licht angeknipst. Dann hatte er sich auf sein altes, zusammengerolltes Schlauchboot gesetzt, das hier auf den Sommer wartete, hatte die Tür von innen zugezogen und angefangen zu lesen.
Später am Abend hörte er, wie Vater unten aus dem Wohnzimmer kam, halblaut zu Mutter sagte: »Alles dunkel bei Lippel. Er schläft!«, und wieder ins Wohnzimmer zurückging.
Von da an verbrachte Lippel viele gemütliche Abende in seinem Versteck, las und trank zwischendurch manche Flasche Limonade leer. (Der Limonadenkasten stand gleich neben dem Schlauchboot. Lippel musste nicht einmal aufstehn, wenn er sich bedienen wollte.)
Er schaffte es auch jedes Mal, wieder im Bett zu liegen, bevor seine Eltern schlafen gingen. Denn dann schauten sie meistens noch einmal leise in sein Zimmer.
So war sein Versteck bis jetzt noch unentdeckt geblieben.
Nur Lippels Vater wunderte sich manchmal, weil er alle fünf Tage einen neuen Kasten Limonade kaufen musste, und sagte: »Irgendetwas geht da nicht mit rechten Dingen zu!«

Reisepläne

Genau zu der Zeit, von der bis jetzt die Rede war – als das Wetter verrücktspielte, Lippel schon fast achtzig Punkte gesammelt hatte (dreiundsiebzig, genau gesagt) und er das Versteck unter der Treppe entdeckte –, genau zu dieser Zeit also stellten Lippels Eltern fest, dass es ihnen großen Spaß machen würde, Lippel eine Woche lang mutterseelenallein zu lassen. Und deshalb beschlossen sie schnell, ohne ihn nach Wien zu fahren.

So jedenfalls stellte es Lippel immer hin, wenn er mit seinen Eltern darüber sprach.

Seine Eltern dagegen schworen hoch und heilig, dass sie so nie denken würden. Und dass sie es wirklich sehr, sehr schade fanden, dass er nicht mitkommen konnte.

Aber Lippel tat so, als glaubte er ihnen kein Wort. Wenn sie ihn schon nicht dabeihaben wollten, sollten sie wenigstens ein schlechtes Gewissen haben!

Doch der Reihe nach:

An einem Nachmittag, als Lippel gerade triefend nass vom Einkaufen zurückgekommen war und nun im Kühlschrank drei alte Milchpackungen etwas nach hinten schob, damit die vier neuen, die drei Joghurts und die saure Sahne Platz fanden, kam Vater zu ihm in die Küche und sagte mit ernstem Gesicht: »Lippel, ich habe etwas mit dir zu besprechen.«

»Meinst du das mit der Milch?«, fragte Lippel. »Sie ist nicht direkt sauer, nur ein bisschen dick. Und wenn wir die beiden Schüsseln einfach …«

»Was für eine Milch?«, fragte Vater verwirrt.
»Na ja, die auf dem Wohnzimmerschrank«, sagte Lippel.
»Nein, ich will nicht mit dir über Milch reden!«, sagte Vater, zog ihm den nassen Regenmantel aus und hängte ihn über die Stuhllehne.
»Limonade?«, fragte Lippel argwöhnisch.
»Auch nicht über Limonade. Über Wien. Ich will mit dir über Wien reden.«
»Lieber über Bagdad«, sagte Lippel erleichtert. »Ich weiß eine ganze Menge über Bagdad. Steht alles im Morgenland-Buch. Scheich Achmed . . .«
»Lippel! Jetzt hör doch mal endlich zu: Demnächst ist ein Kongress in Wien. Da muss Mama hinreisen.«

»Was ist denn ein Kongress?«, fragte Lippel.
»Da reden viele Leute über wichtige Dinge. Jedenfalls über Dinge, die für Mama wichtig sind.«
»Alte Kirchen und Gemälde und so was?«
»Genau!«
»Redet Mama da auch?«
»Ja, das wird sie.«
»Und wie lange dauert der Kongress?«
»Eine Woche.«
»Hm. Dann sind wir beide also eine Woche allein«, sagte Lippel. »Da werden wir natürlich weniger Milch brauchen als zu dritt.«
»Nein, Lippel – weißt du …«
»Ja?«
»Ich habe vor, mit Mama nach Wien zu fahren!« Nun war es heraus, und Vater atmete erleichtert auf.
»Und ich?«, fragte Lippel fassungslos. »Komme ich nicht mit?«
»Das geht leider nicht. Du musst doch in die Schule.«
»Ihr könnt mich doch nicht eine ganze Woche lang allein lassen«, sagte Lippel empört. »Machst du einen Witz?«
»Es wird so lange jemand hier wohnen und für dich sorgen.«
»Wer denn?«
»Das wissen wir auch noch nicht. Ich verspreche dir: Wir fahren nur, wenn wir jemanden finden. Jemanden, der nett ist.«
»Ihr könnt mich doch nicht eine Woche lang bei einem Fremden lassen«, protestierte Lippel.

Vater seufzte.
»Kannst du das nicht verstehn, Lippel?«, fragte er. »Ich möchte eben gerne dabei sein, wenn Mama ihren Vortrag hält.«
»Ich auch!«, sagte Lippel.
»Weißt du, ich war noch nie in Wien …«
»Ich auch nicht!«, sagte Lippel.
»Ja, aber du bist zehn, und ich bin achtunddreißig!«, sagte Vater. »Denk darüber nach! Vielleicht kannst du dich doch an den Gedanken gewöhnen.«
»Nie!«, sagte Lippel und ging aus der Küche.

Ein paar Tage später versuchte es seine Mutter.
»Lippel«, sagte sie. »Du bist doch mein großer Sohn. Ein richtig großer Junge. Stimmt's?«
»Das sagst du nur, weil du mit mir über Wien reden willst«, antwortete Lippel.
Und so war es auch.
»Ich habe uns beide jetzt angemeldet«, sagte sie.
»Uns beide?«, fragte Lippel. »Wo?«
»Nein, *uns* beide. Papa und mich«, sagte Mutter. »Für den Kongress in Wien. Papa hat ja schon mit dir darüber geredet.«
»Und was wird mit mir?«, fragte Lippel entrüstet. »Ihr lasst mich also hier verhungern!«
»Es kommt jemand, der für dich kocht und für dich sorgt, während wir weg sind«, sagte Mutter. »Außerdem müsstest du auch so nicht verhungern. Im Kühlschrank stehen so viele Joghurts, dass du jeden Tag vier

davon essen könntest. Das würde zum Überleben reichen.«
»Und wer kommt?«, fragte Lippel.
»Bei Papas Zeitung gibt es eine Sekretärin. Die hat eine Schwester. Und deren Freundin ist gerade arbeitslos. Die würde für eine Woche kommen und hier wohnen.«
»Einfach so?«
»Nein, wir bezahlen sie natürlich dafür«, sagte Mutter. »Wir haben sie für nächsten Sonntag zum Kaffee eingeladen. Damit ihr euch kennenlernt.«
»Wie heißt sie denn?«

»Frau Jakob«, sagte Mutter. »Bist du damit einverstanden, dass sie am Sonntag mal vorbeikommt?«
»Ich weiß nicht«, sagte Lippel unentschlossen.
»Du müsstest dann allerdings am Samstag eine Sahne mehr kaufen als gewöhnlich«, sagte Mutter und lächelte ein bisschen dabei. »Eine Sahne reicht immer gerade für uns drei. Aber wenn wir zu viert wären ...«
»Na ja, meinetwegen soll sie kommen«, sagte Lippel. »Ich kann sie mir ja mal anschauen.«

Lippel hätte gar zu gerne gewusst, was Frau Jeschke von der ganzen Sache hielt.
Aber er hatte Hemmungen, sie direkt zu fragen, und überlegte die ganze Zeit, wie er es anstellen könnte. Schließlich fand er doch eine Lösung und rannte gleich hinüber zum Haus, in dem Frau Jeschke wohnte.
»Frau Jeschke«, sagte er noch in der Haustür. »Frau Jeschke, kann ich Sie was fragen?«
»Mich fragen?«, fragte Frau Jeschke erstaunt. »Natürlich kannst du das. Zieh deinen nassen Regenmantel aus, und setz dich erst mal in aller Ruhe hin! Worum geht es denn?«
»Um ein Kind«, sagte Lippel und fügte schnell hinzu: »Aber nicht um ein echtes Kind. Um ein erfundenes!«
»Das hört sich ja schwierig an«, sagte Frau Jeschke. »Das ist sicher so eine Art Rätsel, ja?«
»Nicht direkt«, sagte Lippel.
»Na, dann frag mal los!« Frau Jeschke rückte an ihrer Brille, wie immer, wenn sie auf etwas gespannt war.

Lippel fragte: »Wenn Eltern ein Kind haben und lassen es allein, mögen dann die Eltern das Kind?«
»Sie lassen es allein?«
»Ja!«
»Ah, ich hab's: Sie setzen es im Wald aus. Stimmt's?!«
»Nein, nein, sie lassen es in der Wohnung.«
»Ach so. Ich dachte, du sprichst von Hänsel und Gretel. Das ist ja noch schwieriger, als ich dachte. Sie lassen es also in der Wohnung. Gehen sie für immer weg?«
»Nein, nur für eine Woche.«
»Wohin denn?«
»Nach Wien. Zu einem Kongress.«
»Und niemand ist bei dem Kind?«
»Doch, die Frau Jakob!«
»Wer ist denn das schon wieder?!«
»Das ist die Schwester von irgendeiner, die mein – die der Vater von dem Kind kennt.«
»Wenn alles so ist, wie du sagst, dann bin ich ganz sicher, dass die Eltern den Jungen mögen«, sagte Frau Jeschke überzeugt. »Eine Woche geht schnell vorbei, und der Junge kann ja jeden Tag seine Freundin besuchen.«
»Er hat gar keine«, sagte Lippel und überlegte, woher Frau Jeschke wusste, dass das Kind ein Junge war.
»Ich dachte, er kennt vielleicht eine alte Frau, die in der Nachbarschaft wohnt.«
»Ja, das stimmt«, sagte Lippel zufrieden und ging getröstet nach Hause.

Frau Jakob stellt sich vor

Dann kam der Sonntagnachmittag und mit ihm Frau Jakob. Bei der Begrüßung fasste sie Lippels Hand mit beiden Händen, ließ sie lange nicht mehr los, sodass er gezwungen war, die ganze Zeit vor ihr zu stehn, und sagte dabei:

»Und das ist also unser kleiner Philipp, ja? Wir beide werden ganz bestimmt ganz, ganz gut miteinander auskommen, da bin ich ganz sicher. Ich freue mich schon ganz arg auf die Woche hier!« Dann ließ sie Lippels Hand los, setzte sich, betrachtete den Kaffeetisch und sagte zu Lippels Mutter: »Ganz entzückend! Haben Sie den selbst gebacken oder ist er gekauft?« (Damit meinte sie den Kuchen.)

»Weder noch«, antwortete Lippels Mutter und setzte sich auch an den Tisch.

»Den hat Papa gebacken, und ich habe dabei geholfen«, erklärte Lippel stolz, und Frau Jakob sagte gleich noch einmal: »Das ist ganz entzückend.« (Das »ganz« sprach sie immer so aus, als müsste man es »gaaanz« schreiben.)

Lippel setzte sich ihr gegenüber, an die andere Tischseite, damit er sie besser beobachten konnte.

Sie sah aus wie manche Ansagerinnen im Fernsehen, fand er. Sie trug eine grüne Bluse und ein grünes Halstuch, das mit einer Brosche zusammengehalten war. Der Stein auf der Brosche war auch grün, genau wie ihre Ohrringe. Ihre blonden Haare waren wohlfrisiert. Sie

saß immer steif da und bewegte kaum den Oberkörper, und wenn sie lächelte, schoben sich ihre Zähne auf seltsame Art aus dem Mund. Das lag vielleicht daran, dass die oberen Zähne ein wenig schräg nach vorne standen. Vielleicht lächelte sie deshalb so selten.
Lippel schätzte, dass sie etwa so alt wie seine Mutter war.
Beim Kaffeetrinken stellte sich dann heraus, dass sie außer »gaaanz« noch einen zweiten Lieblingsausdruck hatte. Er hieß »Neindanke«.
Sie sagte »Neindanke«, als Vater ihr ein Stück Kuchen anbot, »Neindanke«, als Mutter ihr die Zuckerdose reichte, und »Neindanke«, als Lippel sie auf die Sahne aufmerksam machte.
Schließlich ließ sie sich von Vater überreden, doch ein gaaanz kleines Stückchen Kuchen zu nehmen.
Aber Sahne nahm sie nicht, wie Lippel erbittert feststellte.
Nach dem Kaffeetrinken zeigten Lippels Eltern Frau Jakob die Wohnung und erklärten ihr die Küchengeräte.
Zumindest versuchten sie das.
Frau Jakob sagte zwar öfter »Ach ja?!« und warf auch ab und zu ein »Entzückend!« ein, aber sie machte ein Gesicht dabei, als hätte sie nicht allzu viel begriffen.
Lippels Vater hatte eine Schwäche für ungewöhnliche Küchenmaschinen. Mutter sagte manchmal im Spaß, er würde sein ganzes Geld für italienische Mixgeräte, amerikanische Saftpressen und elektrische Salatschleu-

dern verschleudern. Und wenn sie nicht mitverdienen würde, wären sie längst pleite.
Schließlich verabschiedete sich Frau Jakob und ging wieder. Lippels Eltern schauten sich betreten an, als sie weg war, und sagten eine Weile nichts.
»Ich weiß nicht, ich weiß nicht …«, sagte Lippels Mutter schließlich.
»Was weißt du nicht?«, fragte Lippel.
»Ob sie die Richtige für dich ist. Sie macht ein bisschen viel Getue. Sie ist ein bisschen …« Sie suchte nach dem passenden Ausdruck.
»… wie die Tanten in den Witzfilmen«, schlug Lippel vor.
»… ein bisschen unecht«, ergänzte Vater gleichzeitig.
»Ja, so kann man es nennen«, sagte Mutter. Und es war nicht klar, ob sich das auf Lippels oder Vaters Vorschlag bezog.
»Man merkt leider, dass sie keine Erfahrung mit Kindern hat«, sagte Vater. »Ich fürchte, wir können sie nicht nehmen. Das können wir Lippel nicht antun.«
»Das stimmt. Aber wir kriegen keine andere in der kurzen Zeit!« Mutter machte ein sorgenvolles Gesicht.
»Dann fahre ich halt doch nicht mit«, sagte Vater entschlossen. »Vielleicht klappt es ein anderes Mal mit Wien. Vielleicht können wir alle drei in den großen Ferien hinfahren!«
»Nein, das brauchst du wirklich nicht«, sagte Lippel.
»Wie meinst du das?«, fragte Vater.
Mutter schaute Lippel verdutzt an.

»Ihr sollt ruhig fahren. Ich komme mit ihr schon aus. Es ist ja nur für eine Woche. Außerdem kann ich jeden Tag Frau Jeschke besuchen, meine Freundin. Fahrt nur zusammen nach Wien, alle beide!«, sagte Lippel großmütig. »Ich bin schließlich kein kleines Kind mehr!«

Abschied

Lippels Eltern mussten am Montagmorgen um zehn Uhr fahren. Da war Lippel schon in der Schule.
Also standen alle drei an diesem Tag eine Viertelstunde früher auf als sonst, damit die Eltern sich in aller Ruhe von Lippel verabschieden konnten.
Der Abschied bestand hauptsächlich darin, dass ihm die Eltern eine ganze Menge Ermahnungen und gute Ratschläge gaben, während Lippel seinen Morgenjoghurt auslöffelte. Den Verschluss des Joghurtbechers steckte er in die Hosentasche. Es schien ihm unpassend, bei einem Abschiedsfrühstück Sammelpunkte auszuschneiden.
Die meisten Ratschläge, die er bekam, behandelten das Zähneputzen, das Waschen, die Kleider und Ähnliches. Lippel war der Meinung, dass es nicht gut sei, sein Gedächtnis damit zu sehr zu belasten, und vergaß sie deshalb sofort wieder.
Eigentlich gab es nur drei Dinge, von denen er meinte, sie seien merkenswert:
Geld für Notfälle lag im kleinen Holzkästchen auf der

Kommode. Sein Taschengeld hatte er schon bekommen.

In dringenden Fällen konnte er seine Eltern im Hotel in Wien anrufen. Der Zettel mit der Telefonnummer lag neben dem Telefon.

Frau Jakob würde kommen, während er noch in der Schule war. Wenn er heimkäme, wäre sie schon da und hätte auch bereits ein Mittagessen gekocht. So war es mit ihr abgesprochen.

Am Schluss umarmten die Eltern Lippel noch einmal und er sie, dann musste er in die Schule.

Montag

Die Neuen

Lippel ging immer allein zur Schule. Das hatte ihn bisher noch nie gestört. Es gab eben keinen aus seiner Klasse, der in derselben Straße wohnte.
Aber heute wünschte er sich jemanden, mit dem er sich auf dem Schulweg unterhalten könnte.
Der Abschied hatte ihn traurig gemacht. Langsam und niedergeschlagen ging er die Straße entlang. Er fühlte sich einsam. Doch in der Klasse vergaß er seinen Kummer. Frau Klobe, die Klassenlehrerin, kam nämlich fast zehn Minuten zu spät. Dabei war sie sonst immer so pünktlich. Und sie war nicht alleine. Sie brachte zwei Neue mit, einen dunkelhaarigen Jungen und ein Mädchen. Und das mitten im Schuljahr!
Die beiden blieben vorne neben Frau Klobe stehen und blickten verlegen auf den Boden.
Frau Klobe schaute in die Klasse, wartete, bis alle ruhig waren, und sagte: »Hier sind zwei neue Mitschüler. Sie sind Geschwister. Sie gehen ab jetzt in eure Klasse.«
Dann wandte sie sich zu den beiden: »Vielleicht sagt ihr selbst eure Namen.«
Das Mädchen beugte sich zu seinem Bruder hinüber

und flüsterte ihm etwas zu. Er schüttelte den Kopf und schaute weiter nach unten.
Die Klasse wartete gespannt, aber nichts geschah. Die beiden schwiegen.
»Na ja, ich kann eure Namen ja auch vorlesen«, sagte Frau Klobe schnell. »Ihr könnt mich ja verbessern, wenn ich sie falsch betone.«
Sie legte dem Jungen die Hand auf die Schulter, und nun blickte er zu ihr hoch. »Das ist Arslan«, sagte sie dabei. Der Junge nickte.
»Und das ist Hamide.« Auch das Mädchen nickte, schaute aber immer noch zu Boden.
»Jetzt müssen wir einen Platz für die beiden finden«, sagte Frau Klobe und guckte suchend in die Klasse.

»Philipp, du sitzt allein am Tisch. Wenn du ganz nach rechts rückst, hat Arslan neben dir Platz. Hamide setzt sich dann daneben, so kann sie ihm übersetzen, wenn er etwas nicht ganz versteht.«
Während die beiden sich zu Lippel setzten, meldete sich Elvira und fragte neugierig: »Frau Klobe, sind das Ausländer?«
»Sie sind Türken. Arslan ist in der Türkei zur Welt gekommen. Hamide ist hier geboren, wie ihr auch«, sagte Frau Klobe.
»Sind das Zwillinge?«, fragte Ulli.
»Wie kann das denn sein, wenn er in der Türkei geboren ist, sie aber hier! Nein, Arslan ist ein Jahr älter.«
»Warum geht er dann in dieselbe Klasse?«
»Arslan spricht nicht so gut Deutsch wie Hamide«, sagte Frau Klobe.
»Warum spricht er nicht so gut, wenn er doch älter ist?«, wollte Barbara wissen.
»Er ist erst vor einem Jahr aus der Türkei gekommen«, erklärte ihr Frau Klobe geduldig. »Wenn ihr noch mehr Fragen habt, dann fragt sie doch selbst. Aber nicht jetzt. In der Pause!«
Sie fing mit dem Unterricht an, und die anderen hörten auf zu fragen.
Lippel schaute sich seinen neuen Nachbarn von der Seite an.
»Verstehst du überhaupt kein Deutsch?«, fragte er flüsternd.
Arslan schüttelte den Kopf.

Lippel wusste nicht, wie er das Kopfschütteln deuten sollte. Deshalb fragte er noch einmal, diesmal aber anders: »Verstehst du Deutsch?«
Arslan nickte.
»Warum sagst du nichts?«, fragte Lippel weiter.
Arslan kramte in seiner Büchertasche und tat so, als hätte er die Frage nicht gehört.
»Warum kommt ihr erst jetzt in die Klasse? Mitten im Schuljahr!«, flüsterte Lippel.
Es war Hamide, die antwortete. »Unser Vater ist umgezogen. Wegen der Arbeit«, flüsterte sie. »Da haben wir auch umziehen müssen. Wir kommen von Sindelfingen.«
»Sindelfingen?«, fragte Lippel.
»Ja. Ist bei Böblingen.« Und da sie merkte, dass dies auf Lippel keinen besonderen Eindruck machte, sagte sie erklärend: »Ist sehr schön dort!«
»Ach so«, sagte Lippel und nickte. Obwohl er weder wusste, wo Sindelfingen, noch, wo Böblingen lag.

Hamide beugte sich nach vorne, um Lippel sehen zu können, da ja Arslan zwischen ihr und Lippel saß, und fragte: »Wie heißt du?«
»Lippel«, flüsterte er.
Sie war der erste Mensch, der nicht gleich nachfragte: »*Wie* heißt du? Was ist denn das für ein Name? Heißt du wirklich so?« Sie wiederholte »Lippel«, nickte und schien das normal zu finden.
Lippel wandte sich wieder an seinen Tischnachbarn. »Warum redest du denn nicht?«, wiederholte er seine Frage.
Wieder antwortete Hamide für ihren Bruder. »Er ist böse, weil er musste weg. Er will nicht in die neue Klasse. Er will nicht hier nach ...«
Arslan flüsterte ihr etwas auf Türkisch zu. Es klang vorwurfsvoll. Hamide hörte mitten im Satz auf zu sprechen und redete während des ganzen Vormittags nicht mehr mit Lippel.
Lippel überlegte, ob Arslan ihn vielleicht nicht leiden konnte. Ein bisschen gekränkt rückte er ein Stück von ihm ab und redete nun auch nicht mehr mit den beiden.
Aber um zwölf, als der Unterricht zu Ende war, griff Arslan, bevor er ging, in seine Jackentasche und holte drei Bonbons heraus. Eines gab er Hamide, eines wickelte er für sich selbst aus dem Papier, das dritte hielt er Lippel hin.
»Für mich?«, fragte Lippel überrascht.
Arslan nickte und schaute aufmerksam zu, wie Lippel

das Papier aufwickelte, das Bonbon herausnahm und in den Mund schob.
»Danke. Schmeckt gut!«, sagte Lippel kauend. Arslan nickte noch einmal und ging mit seiner Schwester aus dem Klassenzimmer.
Lippel betrachtete das Bonbonpapier. Es sah auf den ersten Blick ganz normal aus: rot, mit grünen Punkten. Aber die Schrift war anders. Er konnte sie nicht lesen. Kein Zweifel: Das war Türkisch.
Sorgfältig faltete er das Papier zusammen und steckte es in seine Tasche. So was bekam man nicht jeden Tag: ein Bonbonpapier direkt aus der Türkei. Ein türkisches Früchtebonboneinwickelpapier sozusagen!

Mittagessen mit Frau Jakob

Als Lippel von der Schule nach Hause kam, blieb er überrascht im Flur stehen. Er hörte im Wohnzimmer jemanden reden. Sollten seine Eltern doch nicht abgereist sein?
Er stürzte zur Wohnzimmertür und öffnete sie: In einem der Sessel saß Frau Jakob und telefonierte. Offensichtlich beschrieb sie gerade Mattenheims Wohnzimmer.
»Vier Sessel und ein altes Ledersofa. Passt natürlich überhaupt nicht zusammen ... Tapeten? Sie haben überhaupt keine! ... Doch, wirklich. Nur weiße Wände. Dafür aber gaaanz verrückte Bilder. Lauter so mo-

derne Sachen. Gardinen haben sie keine. Stell dir vor, Mutti: überhaupt keine Gardinen! … Doch, ganz bestimmt …«

»Gardinen machen das Zimmer nur dunkel!«, sagte Lippel von der Tür her. (Das sagte Mama auch immer.)

Frau Jakob fuhr erschrocken herum.

»Ach, du bist schon da, Philipp«, sagte sie und zwang sich ein Lächeln ab. Sie hielt die Telefonmuschel mit der Hand zu.

»Geh schon mal in die Küche, und deck den Tisch!«, befahl sie ihm. »Ich komme gleich nach. Das Essen ist gleich fertig.«

Lippel ging in die Küche, während Frau Jakob im Wohnzimmer weitertelefonierte.

»Ich muss jetzt gaaanz schnell Schluss machen, Mutti. Der Junge ist da«, hörte er von drüben. Aber anscheinend war Frau Jakobs Mutti nicht geneigt, mit dem Telefonieren ganz schnell Schluss zu machen, denn Frau Jakob hielt den Hörer auch weiterhin ans Ohr und sagte ab und zu »Ja, Mutti« oder »Nein, Mutti«.
Lippel stellte zwei Teller auf den Küchentisch, legte das Besteck daneben und setzte sich erwartungsvoll auf seinen Stuhl.
Von drüben ertönte immer noch das »Ja, Mutti, nein, Mutti« und er überlegte, dass er eigentlich gar nicht wissen konnte, ob Suppenteller oder flache Teller richtig waren. Schließlich hatte ihm Frau Jakob ja nicht gesagt, was es zu essen gab.
Deshalb stand er wieder auf und ging zum Elektroherd, um nachzusehen, was da kochte.
Im ersten Topf schwammen breite Nudeln im sprudelnden Wasser.
Nicht schlecht.
Er schaute in den zweiten Topf und ließ den Deckel gleich wieder fallen vor Schreck: Das war ja Tomatensuppe!
Tomatensuppe, das hässlichste, grässlichste, scheußlichste und gemeinste Mittagessen, das sich je ein Menschengehirn ausgedacht hatte!
Lippel drehte sich empört um, verließ auf der Stelle die Küche und schloss sich im Klo ein. Er setzte sich hinter der Tür auf den Teppichboden und wartete. Gleich würde Frau Jakob kommen und durch die geschlossene

Tür mit ihm verhandeln (seine Mutter tat das jedenfalls immer), und er würde sich weigern herauszukommen, um zu zeigen, wie gekränkt er war.
Er wartete eine Viertelstunde, und da niemand kam und ihn aufforderte herauszukommen (und weil es ihm immer langweiliger wurde), stand er schließlich auf, drückte die Klospülung, schloss die Tür auf und ging zurück in die Küche.
Frau Jakob saß am Tisch und aß. Sie hatte ihren Teller wieder weggeräumt und aß etwas Blassrotes aus einer kleinen Schüssel. Die Nudeln standen auf dem Tisch, daneben eine Schüssel mit Salat und eine mit der Tomatensuppe.
»Na, das hat aber lange gedauert«, sagte Frau Jakob zur Begrüßung. »Guten Appetit. Hast du dir die Hände auch mit Seife gewaschen?«
»Das ist ja Tomatensuppe!«, sagte Lippel vorwurfsvoll. »Hat Ihnen mein Vater nicht gesagt, dass wir alle keine Tomatensuppe mögen?«
»Doch, das hat er erzählt«, sagte Frau Jakob. »Aber das ist keine Tomatensuppe. Das ist Tomaten*soße*.«
»Aber das ist doch das Gleiche«, sagte Lippel empört.
»Wenn es das Gleiche wäre, hätte es keinen anderen Namen«, erklärte Frau Jakob und lud seinen Teller mit breiten Nudeln voll. »Das eine heißt aber *Suppe* und das andere *Soße,* nicht wahr?«
Sie fuhr mit einem großen Löffel in die Tomatensoße und wollte sie über die Nudeln auf Lippels Teller gießen.

»Nein, nicht!«, rief Lippel und zog den Teller weg.
»Philipp, das ist gaaanz unartig«, sagte Frau Jakob. »Beinahe hätte ich die Soße über das Tischtuch geschüttet. Gib jetzt deinen Teller her!«
»Nein, ich kann nicht«, sagte Lippel verzweifelt. »Ich kann das nicht essen.«
»Dann habe ich wohl ganz umsonst gekocht«, sagte Frau Jakob beleidigt. »Das fängt ja gut an! Du isst nicht, und deine Eltern werden mir vorwerfen, ich hätte dich hungern lassen.«
»Ich kann ja die Nudeln mit viel Salat essen«, schlug Lippel vor.
Frau Jakob schaute gekränkt über ihn hinweg und sagte nichts zu diesem Vorschlag. Deshalb krönte Lippel die weiße Nudelebene auf seinem Teller mit einem grünen Salathügel und fing an zu essen.

Aber schon das erste Salatblatt blieb ihm im Mund stecken. Frau Jakob musste die Salatsoße mit sehr viel Zucker angemacht haben. Der Salat schmeckte eindeutig süß.
Er kaute ziemlich lange auf dem Salatblatt herum und schluckte es schließlich tapfer herunter.
»Darf – darf ich meinen Salat waschen?«, fragte er dann vorsichtig.
»Waschen?« Frau Jakob schien zu überlegen, ob sie richtig gehört hatte. »Meinst du, ich hätte den Salat nicht gewaschen? Willst du damit sagen, er ist schmutzig?!«
»Nein, nein«, sagte Lippel schnell. »Er schmeckt nur so seltsam – so ungewohnt«, verbesserte er sich schnell. »So süß!«
»Das ist der Zucker«, erklärte ihm Frau Jakob. »Macht ihr die Salatsoße nicht mit Essig und Zucker an?«
»Nein, nie. Bei uns schmeckt der Salat immer sauer«, versicherte Lippel.
»Gut, dann mache ich ihn das nächste Mal eben sauer. Aber gewaschen wird er nicht. Das ist unsinnig«, sagte Frau Jakob energisch. »Mir scheint, du bist ganz schön verwöhnt. Du gehörst wohl zu den Kindern, denen man nichts recht machen kann. Nein, so was fangen wir erst gar nicht an! Ich habe doch keine Lust, jeden Tag zwei- oder dreimal zu kochen, weil dem jungen Herrn alles nicht schmeckt! Wenn dir die Soße nicht passt und der Salat auch nicht, dann isst du eben nur Nudeln. Oder musst du die auch waschen, weil ihr die immer ohne Salz esst?!«

Lippel gab keine Antwort. Frau Jakob erwartete wohl auch keine. So schob er mit der Gabel den Salat an den Tellerrand und fing an, die Nudeln zu essen. Frau Jakob löffelte währenddessen ihr Schüsselchen leer.

»Was essen Sie eigentlich? Das ist ja auch keine Tomatensoße«, sagte Lippel und stocherte missmutig in seinen Nudeln herum.

»Ich esse Joghurt. Himbeerjoghurt und Apfeljoghurt gemischt, wenn du es genau wissen willst«, sagte Frau Jakob. »Ich muss auf meine Linie achten, im Gegensatz zu dir. Nudeln machen dick.«

»Haben Sie die Joghurts aus unserem Kühlschrank genommen?«, wollte Lippel wissen.

»Ja, warum? Darf ich das nicht?«, fragte Frau Jakob.

»Was haben Sie mit den Deckeln gemacht?« Lippel war ganz aufgeregt.

»Welche Deckel?«, fragte Frau Jakob.

»Die Joghurtdeckel! Ich brauche doch die Punkte«, rief Lippel.

»Welche Punkte?«

»Die Sammelpunkte auf dem Deckel. Wo sind die Deckel?«

»Ach, du meinst den Verschluss vom Joghurtbecher? Im Mülleimer. Tut mir leid«, sagte Frau Jakob. »Kann ich ja nicht wissen, dass da irgendwelche Punkte drauf sind.«

Lippel ließ sein Essen stehen, sprang auf, rannte zum Mülleimer und suchte zwischen den Küchenabfällen nach den Deckeln mit den Sammelpunkten.

»Was machst du da? Pfui! Bist du wahnsinnig?!«, rief

Frau Jakob, sprang auch auf und versuchte, Lippel vom Mülleimer wegzuziehen.
Der hatte die beiden Deckel inzwischen gefunden. Sie klebten an der Unterseite der Nudelpackung. Lippel wischte die Joghurtreste an der Nudelpackung ab und steckte die beiden Deckel schnell in die Hosentasche, bevor sie ihm Frau Jakob aus der Hand nehmen konnte.
»Philipp, gib sofort den Abfall her!«, rief Frau Jakob aufgeregt.
»Das ist doch kein Abfall«, versuchte Lippel zu erklären. »Das sind doch nur . . .«
»Keine Widerrede! Mach sofort deine Tasche leer! Auf der Stelle! Her mit dem Schmutz!«
Lippel griff in seine Hosentasche und zog die Sachen heraus, die er darin aufbewahrt hatte: den Joghurtdeckel mit Sammelpunkt von heute Morgen, das Bonbonpapier von Arslan und die beiden Deckel aus dem Mülleimer.
Ehe er aber die beiden neuen Deckel aussortieren und Frau Jakob geben konnte, hatte sie ihm schon alles aus der Hand genommen. Sie zerriss es, knüllte die Fetzen zusammen und warf sie in den Mülleimer.
»So, und nun wäschst du dir auf der Stelle die Hände, hörst du!«, rief sie. »Mein Gott, ist das eklig! Wo ist denn die Seife hier in der Küche?« Vor Aufregung war sie ganz rot im Gesicht.
»So eine Gemeinheit!«, rief Lippel gleichzeitig. »Sie haben alles weggeworfen! Das war doch auch das tür-

kische Papier. Und der Punkt von heute Morgen. Es war doch gar nicht alles schmutzig. Sie haben drei Punkte kaputt gemacht. Drei Punkte!«

»So wasch dich doch endlich!«, sagte Frau Jakob verzweifelt. »Wasch dir die Finger!« Sie schob Lippel zum Spülbecken, drehte mit spitzen Fingern den Wasserhahn auf und wusch sich erst einmal selbst die Hände. Dann nahm sie voll Ekel Lippels Hände, gaaanz vorsichtig, damit sie nicht mit schlimmen Bakterien in Berührung kam, und zog sie unter den Wasserstrahl.

Erst als das Wasser eine Weile über Lippels Finger gelaufen war, beruhigte sie sich langsam.

»Dass Kinder solche Schmutzfinken sein können!«, sagte sie erschüttert und trocknete Lippels Hände mit dem Geschirrtuch ab. »Jetzt setz dich wieder hin und iss endlich!« Und versöhnlich setzte sie hinzu: »Du kannst dir ja Butter unter die Nudeln mischen, dann schmecken sie nicht so trocken.«

»Nein, danke. Ich habe keinen Hunger«, sagte Lippel, ließ Frau Jakob in der Küche stehen, ging hinauf in sein Zimmer und warf sich auf sein Bett.

Er verschränkte die Hände hinter dem Kopf und starrte zur Decke. »Drei Punkte. Sie hat drei Punkte weggeworfen!«

Er war immer noch sehr wütend. Er beschloss, gleich am Nachmittag zu Frau Jeschke zu gehen und ihr alles zu erzählen. Sie würde ihn bestimmt verstehen. Schließlich sammelte sie ja auch Punkte und wusste, wie lange es dauert, bis man hundert Punkte beieinanderhatte.

Ein unerwarteter Fund

Der Gedanke an Frau Jeschke besänftigte Lippel. Langsam verflog seine Wut. Jetzt fand er es schon fast schade, dass er die Nudeln nicht gegessen hatte.
Er legte sich auf die Seite. Dabei raschelte etwas unter der Decke, die am Tag über sein Bett gebreitet war.
Er hob sie ein wenig hoch und fand auf seinem Kopfkissen ein Blatt Papier.
»*Hallo, Lippel. Guten Abend*«, stand da. Das war eindeutig Vaters Schrift. Eine Botschaft von seinem Vater! Sicher sollte er sie erst abends finden, wenn er ins Bett gehen würde.
Aber da er sie nun schon mal entdeckt hatte, konnte es sicher nicht schaden, wenn er sie las. Aufgeregt las er weiter:
»*Na, wie war der erste Tag ohne uns? Bestimmt nicht so schlimm, wie du es dir vorgestellt hast.*«
»Hast du eine Ahnung!«, murmelte Lippel und las weiter. Da stand nur noch ein Satz: »*Ich wette, dass du jetzt in die Vase schaust!*«
Kein Gruß, kein Abschied. Seltsam! Welche Vase meinte Vater wohl? Es gab nur eine Vase in Lippels Zimmer. Die auf dem Fensterbrett.
Lippel sprang aus dem Bett, nahm die Vase vom Fensterbrett und kippte sie um. Ein zusammengerollter Zettel fiel heraus. Lippel strich ihn glatt, um lesen zu können, was daraufstand:
»*Habe ich meine Wette gewonnen? Die Gute-Nacht-*

Verpflegung befindet sich in der Tasche von deinem Bademantel. Zähne putzen hinterher! Übrigens: Hast du schon herausbekommen, wieso es im Zimmer dunkler ist als sonst??? Gute Nacht! Dein Vater.«
Lippel wühlte in den Taschen seines Bademantels, stieß auf etwas Viereckiges, Festes und zog eine Tafel Schokolade heraus. Milchschokolade mit ganzen Nüssen, seine Lieblingssorte!
Er schälte die Schokolade aus dem Silberpapier und schob sich einen Riegel in den Mund.
Dann legte er sich wieder aufs Bett. Aber diesmal war er nicht wütend dabei, im Gegenteil!

Was Vater wohl mit dem dunklen Zimmer gemeint hatte? Es war ganz normal hell im Zimmer, eigentlich so wie an jedem Nachmittag.
Aber er sollte die Botschaft ja erst am Abend finden! Da war es dunkel, und da würde natürlich die Lampe brennen. Lippel sprang schon wieder aus dem Bett und knipste das Deckenlicht an. Das war eine Hängelampe, die wie eine oben offene Schüssel von der Decke hing. Und in dieser Schüssel lag etwas Dunkles, Rechteckiges! Man sah es deutlich durch das weiße Glas, wenn die Lampe brannte.
Lippel stieg auf seinen Schreibtisch, griff von oben in die Lampenschüssel und bekam das Ding zu fassen, das jemand da versteckt hatte: ein Buch, ein Taschenbuch! Es hieß: »Die Erzählungen aus den Tausendundein Nächten«. Das Titelbild versprach spannende Geschichten: Männer in morgenländischer Kleidung auf der Jagd.
Lippel legte sich ein drittes Mal aufs Bett, steckte genüsslich ein besonders großes Stück Schokolade in den Mund und schlug das Buch auf. Ein Zettel fiel heraus, diesmal mit den Schriftzügen seiner Mutter:
»Mein lieber Lippel, hier ist etwas zu lesen für dich! Ich habe lange suchen müssen, bis ich etwas Morgenländisches gefunden habe. Ich hoffe, es gefällt dir.
Du musst mir aber fest versprechen, dass du in einer halben Stunde dein Licht ausmachst. Ja?«
»Klar, wird gemacht!«, sagte Lippel und lachte glucksend. »Ich verspreche ganz fest, in einer halben Stunde das Licht auszumachen.« Die Lampe brannte noch. Nach

einer halben Stunde würde er also kurz mal aufstehn, das Licht ausmachen, sich hinlegen und weiterlesen bis zum Abend.

»*Das ist schön von dir!*«, schrieb seine Mutter weiter. »*Schlaf gut! Tausendundeinen Kuss von deiner Mutter.*«

Lippel legte den Zettel hinten in das Buch, steckte sich noch ein Stück Schokolade in den Mund und begann im Buch zu blättern.

Es gab viele Geschichten darin. Und alle wurden von einer Frau namens Sherezad erzählt. Seltsamerweise schien sie immer nur nachts zu erzählen. Es hieß oft: »Da bemerkte Sherezad, dass der Morgen nahte, und hielt in ihrer Erzählung inne.«

Und wenn dann die nächste Nacht kam, die fünfhundertzwanzigste, fünfhundertsiebzigste oder sechshundertste, fing sie an weiterzuerzählen.

Die Geschichten hatten recht vielversprechende Titel: »Die Geschichte von der Schlangenkönigin« oder »Die Geschichte von Sindbad, dem Seefahrer« oder »Die Geschichte von der Tücke der Weiber oder von dem König und seinem Sohn«.

Lippel entschied sich für die Geschichte von der Schlangenkönigin, steckte noch ein Stück Schokolade in den Mund, lehnte sich wohlig ins Kissen und fing an zu lesen.

Das heißt: Er *wollte* anfangen zu lesen! Aber seine Tür wurde geöffnet, und Frau Jakob schaute herein.

»Das ist die Höhe!«, sagte sie ärgerlich. »Jetzt weiß ich,

warum du keinen Hunger hast. Tomatensoße schmeckt dir nicht, der Salat ist zu süß, die Nudeln zu salzig. Aber die Schokolade, die schmeckt dir! Da braucht man natürlich kein Mittagessen. Und ich kann stundenlang in der Küche stehen und kochen.«

Lippel setzte sich auf und legte sein Buch beiseite. Ihm war unbehaglich zumute, er fühlte sich ertappt. Eigentlich war die Schokolade ja für heute Abend bestimmt gewesen. Wie sollte er alles erklären?

»Und warum hast du am Tag das Licht an?«, fragte Frau Jakob und knipste die Lampe aus. »Es ist doch ganz hell. Wozu diese Stromverschwendung?«

»Ich hätte das Licht schon ausgemacht. Ganz bestimmt!«, entschuldigte sich Lippel. »In einer halben Stunde. Ich hab's ja versprochen.«

»Versprochen?«, fragte Frau Jakob. »Wem denn?«

»Meiner Mutter.«

»Was hast du ihr versprochen?«

»Na ja, das mit dem Licht. Dass ich in einer halben Stunde das Licht ausknipse«, versuchte ihr Lippel zu erläutern.

»Du willst dich also über mich lustig machen!« Frau Jakob war empört. »Mein lieber Junge, ich bin mit viel gutem Willen hierhergekommen. Obwohl mich deine Eltern nicht gerade fürstlich bezahlen. Aber ich lasse mir von einem verwöhnten Kind nicht auf der Nase herumtanzen.

Du gibst mir sofort das Buch und setzt dich an deinen Tisch hier! Schließlich musste ich deinen Eltern versprechen, dass ich auf deine Hausaufgaben achte. Das war ein echtes Versprechen, verstehst du, kein erfundenes.«

»Ich hab meines nicht erfunden«, versicherte Lippel. »Ich habe doch gemeint …«

»Red nicht, gib mir das Buch und steh auf!«, unterbrach ihn Frau Jakob.

»Darf ich – darf ich das Buch behalten?« Lippel redete ganz schnell. »Ich lese auch nicht mehr. Ich lege es unter mein Kopfkissen, dann ist es weg, ja?«

Hastig schob er das Buch unter die Decke.

»Meinetwegen«, sagte Frau Jakob gnädig. »Was hast du denn auf?«

»Mathe und Deutsch.«

»Na, dann fang mal gleich an!«

Lippel schwang sich aus dem Bett, setzte sich an seinen Schreibtisch, nahm die Büchertasche vom Boden auf und suchte nach dem Matheheft.

Frau Jakob blieb neben ihm stehen, während er unwillig das Heft aufschlug, den Füller aus dem Mäppchen holte und anfing zu rechnen.

»Ich schau mir die Ergebnisse später an«, sagte sie nach einer Weile und ging aus dem Zimmer.

Lippel rechnete lustlos zwei Aufgaben. Dann schlich er zur Tür und lauschte. Von Frau Jakob war nichts zu hören. Er öffnete vorsichtig die Tür.

Frau Jakob telefonierte unten im Wohnzimmer.

Lippel holte sein Buch unter dem Kissen hervor und setzte sich damit an den Schreibtisch.

Wenn er es recht überlegte und wenn er an Frau Jakob dachte, schien ihm die Geschichte von der Tücke der Weiber passender zu sein als die von der Schlangenkönigin. Er wusste zwar nicht genau, was Tücke war, aber es war bestimmt nichts Gutes! Er fand die Geschichte im Buch (sie wurde in der fünfhundertachtundsiebzigsten Nacht erzählt) und fing an zu lesen:
»Einst lebte in alten Zeiten und längst verschollenen Vergangenheiten ein König, der unter den Herrschern einer der mächtigsten war, mit vielen Soldaten, einer großen Schar von Wächtern, von hohem Ruhm und von viel Gut und Geld. Aber er hatte schon manches Jahr seines Lebens verbracht, ohne dass ihm ein Sohn beschieden war. Und da …«

Und da ging die Tür auf, und Frau Jakob kam herein!
Blitzschnell steckte Lippel das Buch in seine Büchertasche. Aber sie hatte es gesehen.
Sie stützte die Hände in die Hüften, nickte ein paarmal (so, als wolle sie damit ausdrücken: Ganz so habe ich mir das vorgestellt!) und sagte: »So also wird mein Vertrauen belohnt.« Dann streckte sie die Hand aus und sagte knapp: »Das Buch!«
Lippel gab es ihr zögernd.
»Heute wirst du keine Zeile mehr lesen. Darauf kannst du dich verlassen«, sagte sie grimmig und klemmte sich das Buch unter den Arm.
»Auch nicht heute Abend? Wenn ich mit den Hausaufgaben fertig bin?«, fragte Lippel.
»Auch nicht heute Abend!«, sagte Frau Jakob bestimmt und schritt aus dem Zimmer.

Das entdeckte Versteck

Zum Abendessen gab es belegte Brote.
Lippel aß vier, zwei mit Kräuterquark, zwei mit Mettwurst, um seinen guten Willen zu beweisen und Frau Jakob gnädig zu stimmen. (Sonst aß er höchstens zwei.)
Frau Jakob schien auch mit ihm zufrieden zu sein.
»Vielleicht werden wir zwei doch miteinander auskommen. Auch wenn es heute Nachmittag nicht danach ausgesehen hat«, sagte sie zufrieden, während Lippel

bereitwillig das Geschirr abtrocknete. »Heute Abend scheint es dir ja geschmeckt zu haben. Nichts zu süß und nichts zu salzig.«
»Ja, ja«, versicherte Lippel. Und weil er meinte, dass die Gelegenheit günstig sei, fragte er: »Darf ich vielleicht doch ein bisschen lesen? Nur eine halbe Stunde.«
»Ach, deshalb bist du so hilfsbereit!«, sagte Frau Jakob und lachte. »Nein, nein. Gelesen wird nicht. Was ich sage, das gilt auch. Morgen, wenn du deine Hausaufgaben gemacht hast, darfst du lesen.«
»Muss ich denn schon ins Bett?«, fragte Lippel. »Es ist doch erst sieben.«
»Du kannst ja noch ein wenig fernsehen. Und um acht gehst du dann ins Bett«, sagte Frau Jakob.
Gemeinsam schauten sie sich im Wohnzimmer das Vorabendprogramm an. In der Reihe »Unser Land« wurde »Der Wendelstein« gezeigt. Frau Jakob war begeistert. Lippel ganz und gar nicht. Er hatte nichts gegen Berge, aber er kletterte lieber darauf herum, als sie im Fernsehen zu betrachten.
Gelangweilt sah er sich im Zimmer um. Und plötzlich entdeckte er, wo Frau Jakob sein Buch versteckt hatte: Es lag oben auf dem Wohnzimmerschrank!
Nun war seine Langeweile verflogen, und er überlegte angestrengt, wie er an das Buch herankommen könnte. Er musste Frau Jakob aus dem Zimmer locken. Aber wie?!
Während er noch überlegte, löste sich das Problem von selbst.

»Habt ihr eigentlich keine Erdnüsse oder Salzstangen oder so was?«, fragte Frau Jakob und stand auf.
»Doch, im Küchenschrank. Rechts oben«, sagte Lippel schnell und wartete mit angehaltenem Atem, ob sie ihn nun in die Küche schicken oder selbst gehen würde. Sie ging selbst. Kaum war sie aus dem Zimmer, huschte er auf Zehenspitzen zum Schrank, holte das Buch herunter und schob es unter seinen Pullover.
Als Frau Jakob zurückkam, saß er wieder im Sessel, äußerlich ruhig. Aber sein Herz klopfte so aufgeregt, dass er fürchtete, sie könnte etwas merken. Doch sie merkte nichts. Lippel blieb aus Vorsicht bis acht Uhr sitzen und protestierte auch ein bisschen, als er dann ins Bett geschickt wurde. Er durfte ja keinen Verdacht erregen, und Kinder, die freiwillig ins Bett gehen, machen sich verdächtig.
Frau Jakob sagte streng: »Keine Widerrede mehr! Du gehst jetzt ins Badezimmer und dann ins Bett! Ich schaue in einer Viertelstunde nach, ob du wirklich im Bett liegst.«
So ging Lippel schließlich langsam und scheinbar widerwillig nach oben, obwohl er am liebsten die Treppen hochgestürmt wäre.
Und als Frau Jakob eine Viertelstunde später nachschaute, lag Lippel gewaschen und mit geputzten Zähnen in seinem Bett und sagte schläfrig: »Gute Nacht, Frau Jakob.«
»Gute Nacht. Bis morgen früh!«, sagte Frau Jakob, knipste das Licht aus und machte leise seine Tür zu.

Lippel wartete etwa eine Viertelstunde. Dann stieg er aus dem Bett, holte das Buch unter dem Kopfkissen hervor, wo er es versteckt hatte, ging barfuß zur Tür, öffnete sie, schlüpfte hinaus, schloss die Tür hinter sich und schlich zum Verschlag hinüber.
Nachdem er die Tür seines Verstecks leise zugezogen hatte, knipste er das Licht an, setzte sich gemütlich auf das Schlauchboot und nahm erst einmal einen tiefen Schluck aus einer Limonadenflasche.
Dann lehnte er sich zurück und fing an zu lesen.
Er begann noch einmal mit den ersten Seiten der Geschichte, las noch einmal von dem König, der sich so lange und so sehr einen Sohn gewünscht hatte.
Der König wandte sich an Allah, den Erhabenen, und flehte ihn an, bei der Macht der Propheten und heiligen Asketen, ihm einen Sohn zu schenken.
Und das schien auch wirklich zu nützen, denn die Königin gebar ihm einen Sohn, schön wie der runde Mond.
Hier hielt Lippel inne und lauschte. Es war ihm, als hätte er draußen etwas gehört. Aber bestimmt hatte er sich getäuscht. Frau Jakob konnte ja unten vom Flur aus sehen, dass in seinem Zimmer kein Licht brannte!
Er las weiter:
»Und jener Knabe wuchs heran, bis er ein Alter von fünf Jahren erreicht hatte. Nun befand sich bei dem König ein weiser Mann, der zu den größten Gelehrten gehörte, mit Namen Sindbad, dem übergab er den Knaben.
Und als dieser zehn Jahre alt geworden war, hatte ihn

der Meister so trefflich unterrichtet, dass es niemanden gab, der dem Prinzen gleichgekommen wäre an Kenntnis, Bildung und Verständnis.
Wie sein Vater das vernahm, ließ er eine Schar arabischer Ritter zu ihm kommen, die ihn im Rittertum unterweisen sollten. Eines Tages aber schaute Sindbad der Weise in die Sterne, und da erkannte er im Horoskop des Prinzen, dass großes Unglück über den Prinzen und die Seinen kommen werde, wenn er in den nächsten sieben Tagen nur ein einziges Wort rede. Er eilte zum Prinzen und beschwor ihn, sieben Tage zu schweigen, wenn ihm sein Leben lieb sei. Und der Prinz redete fortan kein Wort.
Dem König kam nach einigen Tagen zu Ohren, dass sein Sohn sich weigere, auch nur ein einziges Wort zu sprechen. Er schickte nach ihm und ließ ihn zu sich rufen und fragte ihn, was sein Schweigen bedeute.
Aber der Prinz antwortete nicht.
Da war der König ratlos und befahl, dass man seinen Sohn in die Privatgemächer bringen und wie einen Kranken behandeln solle …«
In diesem Augenblick wurde die Tür zu Lippels Verschlag heftig aufgerissen, Frau Jakob stand vor ihm.
»Hier sitzt du! Was machst du denn hier? Ich suche dich im ganzen Haus, ich dachte schon …« Jetzt erst entdeckte sie das Buch in Lippels Hand. »Das – das – also, das ist wirklich der Gipfel!«, sagte sie erschüttert. »Jetzt verstehe ich alles. Du hast das Buch weggenommen und dich hier versteckt. So eine Frechheit! Mir so einen

Schreck einzujagen! Wenn du *mein* Kind wärst, also, ich würde dich ...« Sie holte mit der Hand aus, als wenn sie ihn ohrfeigen wolle, und Lippel war in diesem Augenblick ganz besonders froh, dass er nicht ihr Kind war.

»Gib das Buch her!«, befahl Frau Jakob. »Sofort ins Bett, auf der Stelle!«

Lippel gab ihr das Buch, schob sich an ihr vorbei, ging in sein Zimmer zurück und legte sich ins Bett.

Frau Jakob kam nach. Aber nicht, um ihm eine gute Nacht zu wünschen!

»Das sag ich dir: Dieses Buch wirst du nicht wiedersehen, bis deine Eltern kommen«, versprach sie düster. »Die sollen damit machen, was sie wollen. Aber von mir bekommst du es nie mehr. Keine Sekunde!«

Damit schloss sie die Tür und ließ Lippel allein.

Lippel lag in seinem Bett und fühlte sich elend.

Frau Jakob war sehr, sehr ärgerlich gewesen. Sie ließ sich bestimmt nicht mehr umstimmen. Das Buch würde sie ihm nicht wiedergeben. Weder morgen noch übermorgen. Davon war er überzeugt.

Und ganz bestimmt versteckte sie es in Zukunft so gut, dass er es nicht wiederfinden und heimlich nehmen konnte.

Dabei hätte er zu gerne gewusst, wie die Geschichte vom stummen Prinzen weiterging!

Ob der Prinz es schaffte, eine Woche lang kein einziges Wort zu sagen?

Lippel nahm sich vor, die Geschichte einfach weiterzu-

träumen. Das ging vielleicht, wenn er bis zum Einschlafen nur an die Geschichte und an nichts anderes dachte. Aber das war gar nicht so einfach. Dauernd schoben sich andere Gedanken dazwischen: an Frau Jakob, an seine Eltern, an die beiden Neuen in der Klasse.
Und unversehens war er eingeschlafen.

Etwas über Träumer und das Träumen

Bevor erzählt wird, was Lippel in dieser Nacht träumte, muss hier erst etwas Allgemeines über das Träumen eingefügt werden.
Es gibt Menschen, die behaupten allen Ernstes, dass sie nie träumen würden. Lippels Vater war so einer, zum Beispiel.
Er sagte immer: »Heute Nacht habe ich wieder tief und traumlos geschlafen.«
Dass er tief geschlafen hatte, mochte ja stimmen. Doch traumlos schlief er gewiss nicht. Jeder Mensch träumt nämlich, während er schläft.
Aber manche Menschen vergessen sofort wieder, was sie geträumt haben, und meinen am nächsten Morgen, sie hätten überhaupt nicht geträumt.
Dann gibt es Menschen, die können sich beim Aufwachen noch an jede Einzelheit ihres Traumes erinnern. Das war bei Lippel so. Er träumte so lebhaft und vor allen Dingen so eindringlich, dass er manchmal in der

Erinnerung Traum und Wirklichkeit nicht mehr auseinanderhalten konnte.
Mit manchen Erinnerungen hatte er keine Schwierigkeiten: Wenn er sich zum Beispiel ganz deutlich an einen Schwarm kleiner grüner Elefanten, an eine Henne mit Vorderradantrieb oder an zwei kopfstehende Politessen erinnerte, wusste er sofort, dass sie nur aus einem Traum stammen konnten. Aus einem recht unsinnigen noch dazu.
Schwieriger war es mit Erinnerungen, die mit ganz normalen Dingen zusammenhingen, mit Leuten, die er kannte, oder mit Sachen, die er erlebt hatte. Da wusste er manchmal nicht, ob es echte Erinnerungen waren oder Erinnerungen an einen Traum.
Einmal hatte er im Traum besonders lange an seinen Hausaufgaben gesessen, und prompt kam er am nächsten Tag ohne Hausaufgaben in die Schule. Er dachte, er hätte sie wirklich gemacht.
Und es kam vor, dass er seine Mutter fragen musste: »Haben wir letzte Woche wirklich einen Brief von Opa und Oma aus Australien bekommen, oder habe ich das nur geträumt?«
Manche Menschen, die sehr eindringlich träumen und ihre Träume ernst nehmen, können ihre Träume lenken.
Lippel schaffte das zuweilen auch.
Während eines Angsttraums sagte er manchmal: »Also, das geht mir jetzt wirklich zu weit, das mache ich nicht länger mit!« Und schon wachte er auf.

Bei schönen Träumen gelang es ihm manchmal, sie ein bisschen in die Länge zu ziehen.
Und zuweilen (ganz selten allerdings) konnte er sich sogar vornehmen, wovon er träumen wollte, und das klappte dann wirklich.
So war es gar nicht weiter verwunderlich, dass Lippel die angefangene Geschichte einfach im Traum weitererlebte.
Mal schaute er sich dabei die Geschehnisse von außen an (wie in einem Film), mal steckte er mittendrin in der Geschichte. Wie das beim Träumen nun mal so ist!

Der erste Traum

Der morgenländische Palast sah ganz so aus, wie es sich Lippel beim Lesen vorgestellt hatte: An den Wänden hingen kostbare Teppiche, die gewölbte Decke wurde durch weiße Säulen gestützt, die mit goldenen Mustern geschmückt waren. In der Mitte des Raumes stieg der helle Strahl eines Springbrunnens aus einem Marmorbecken auf, vor einem besonders prächtigen Teppich stand ein Thron, und auf diesem saß der König.

Neben dem König stand eine Frau. Sie war in grüne Gewänder gehüllt, und wenn sie redete, sah man, dass ihre oberen Zähne etwas nach vorne standen. Das war nicht die Königin. Lippel wusste es sofort, als er sie sah. Es war die Tante des Prinzen, die Witwe des Bruders des Königs.

Die Tante hatte lange Jahre gehofft, dass ihr Sohn der Nachfolger des Königs werden und seine Schätze erben würde. Deshalb war sie so böse, als dem König schließlich doch ein Sohn geboren wurde, und hasste den Prinzen aus tiefstem Herzen. Jetzt, da der Prinz stumm war, sah sie die Gelegenheit gekommen, ihre Wut an ihm auszulassen.

Sie entwendete das Lieblingsbuch des Königs und versteckte es heimlich unter dem Kopfkissen des Prinzen.
Als nun der König am Nachmittag mit dem Regieren fertig war und sich wie jeden Tag auf dem Diwan ausstreckte, ein Stückchen Schokolade aus dem Goldpapier wickelte, es genüsslich in den Mund schob und nun nach seinem Buch greifen wollte, um zu lesen, da war das Buch verschwunden.
Und obwohl siebzehn Diener, die Palastwachen, vier Lieblingssklavinnen des Königs und schließlich sogar die Königin und ihre fünf Töchter den ganzen Raum absuchten, unter jedes Sitzpolster und hinter jeden Teppich schauten – das Buch war und blieb verschwunden.
Da meldete sich die Tante des Prinzen demütig zu Wort.
»Lieber Schwager und mächtiger König«, sagte sie. »Ich weiß, wo sich das Buch befindet. Doch wage ich nicht, es Euren ehrwürdigen Ohren zu enthüllen. Ich fürchte Euren Zorn, wenn ich den königlichen Entwender des Buches anzeige.«
»Liebe Schwägerin, du willst sagen: Wenn du den Entwender des königlichen Buches anzeigst!«, verbesserte sie der König, denn er legte Wert auf Genauigkeit.
»Nein, königlicher Schwager«, sagte die Tante. »Verzeiht meinem vorlauten Mund, da er Eure ehrwürdigen Ohren durch eine nichtswürdige Richtigstellung beleidigen muss. Aber ich meinte ›königlicher Entwender‹. Oder ist Euer Sohn, Prinz Asslam, nicht königlichen Geblüts?!«

»Was faselst du? Prinz Asslam?«, schrie der König zornig. »Willst du dir meinen Zorn zuziehen? Halte deine Zunge im Zaum!«

»Es geht mir nur um die Wahrheit, königlicher Schwager«, sagte die Tante schnell. »Dafür nehme ich Euren Zorn demütig hin.«

»Willst du sagen, mein einziger, eigener Sohn hätte mein Lieblingsbuch gestohlen?!«, rief der König.

»So ist es«, sagte die Tante knapp und verbeugte sich tief.

»Das ist eine ungeheure Anschuldigung«, sagte der König entrüstet. (Und seine Frau und seine fünf Töchter nickten bestätigend.) »Wenn es sich herausstellt, dass du gelogen hast, wirst du zur Strafe aus meinem Land verbannt!« (Und seine Frau und seine fünf Töchter nickten noch heftiger, denn sie konnten die Tante nicht ausstehen.)

»Und was ist, wenn ich die Wahrheit gesagt habe?«, fragte die Tante schnell.

»Dann – dann – dann muss der Prinz verbannt werden!«, antwortete der König.

»Wenn das so ist, königlicher Schwager, würde ich an Eurer Stelle unter dem Kopfkissen des Prinzen nachschauen«, sagte die Tante selbstbewusst.

Und der König zog mit allem Gefolge ins Gemach des Prinzen, um nachzusehen. Wie groß waren das Entsetzen und der Zorn des Königs, als er sein Lieblingsbuch wirklich unter dem prinzlichen Kopfkissen entdecken musste!

»Mein Sohn ein Dieb!«, schrie er ein ums andere Mal. »Bestiehlt den eigenen Vater!«
Der Prinz stand dabei und wusste nicht, wie ihm geschah. Er durfte ja nicht sprechen, konnte sich nicht verteidigen und schaute verzweifelt zu Boden.
Der König hielt das Schweigen des Prinzen für ein Schuldgeständnis.
Und was er vor so vielen Zeugen versprochen hatte, musste er nun halten. Er befahl seiner Palastwache: »Packt den Prinzen Asslam, und schafft ihn über die Landesgrenze! Er sei verbannt und soll nie mehr hierher zurückkommen!«
Die Lieblingsschwester des Prinzen, Hamide mit Namen, warf sich vor ihrem Vater auf die Knie und bat um Gnade für ihren Bruder. Darüber wurde der König noch zorniger und schrie:
»Wenn sie für einen Dieb bittet, so mag sie auch mit dem Dieb gehen. Hiermit verbanne ich auch Hamide!«
»Aber das ist ungerecht!«, rief Lippel. »Sie können doch nicht einfach ...« Erschrocken hörte er auf zu reden, denn alle drehten sich nach ihm um.
»Wer ist dieser Fremdling? Wie kommt er hierher? Wie heißt er? Was will er?«, fragte der König verblüfft.
Das waren ein bisschen viel Fragen auf einmal. Deshalb antwortete Lippel erst einmal gar nicht.
Die Tante, die spürte, wie gefährlich ihr Lippel werden konnte, nützte das aus und rief sofort: »Das ist ein Komplize des Prinzen, sein Freund!«
»Ist er das?«, fragte der König. »Dann wird er hiermit

auch verbannt. Packt alle drei, und schafft sie aus dem Land!«
Und ehe Lippel sich wehren konnte, hatte die Palastwache ihn, den Prinzen und die Prinzessin ergriffen und aus dem Palast gezerrt.
Der Führer der Palastwache wählte zwei Männer aus, die mit ihm und den Verbannten reiten sollten. Man brachte sechs Reitpferde und zwei Packesel. Die Kinder mussten aufs Pferd steigen, die Hände wurden ihnen an den Sattelknauf gefesselt, und schon ritt man aus dem Hof des Palastes, durch die Hauptstadt, hinaus in die Wüste.
Sie mochten vielleicht eine Stunde geritten sein, als sie hinter sich einen Reiter entdeckten. Der Anführer befahl der kleinen Karawane, anzuhalten. Die Wächter griffen zu ihren Speeren und warteten gespannt auf den unbekannten Verfolger. Der näherte sich in rasendem Galopp.
Als er bei ihnen war, erkannten sie zu ihrem Erstaunen, dass es sich bei dem Reiter in Wirklichkeit um eine Reiterin handelte. Um eine Frau, deren Gesicht durch einen Schleier verhüllt war. »Wer bist du? Was willst du hier?«, herrschte sie der Anführer an. Die Frau nahm ihren Schleier beiseite, und der Anführer erschrak: Es war die Schwägerin des Königs, die Witwe des Königsbruders.
»Verzeih mir, Gebieterin, ich habe dich nicht erkannt«, stotterte er und neigte den Kopf fast bis zum Pferderücken.

»Lass die Förmlichkeiten, ich habe mit dir zu reden!«, sagte die Frau streng. »Mit dir allein!«
Die beiden anderen Wächter entfernten sich sofort einen Steinwurf weit und zogen die Pferde von Prinz Asslam und der Prinzessin mit sich. Der Anführer hatte Lippels Bewachung selbst übernommen und dessen Pferd am Zügel gefasst. Denn der Fremde schien ihm am gefährlichsten zu sein, war er doch völlig unbekannt im Palast und darüber hinaus in seltsame Gewänder gehüllt. (Lippel trug seinen gelben Regenmantel über dem Schlafanzug.)
So blieb Lippel in der Nähe des Anführers und konnte mithören, was er und die Tante sprachen.
Die Frau fasste in eine Satteltasche, zog einen Lederbeutel heraus und warf ihn dem Anführer zu.
»Er ist gefüllt mit Goldstücken. Teile ihn mit den beiden anderen«, sagte sie.
»Allah schenke Euch ein langes Leben und belohne Euch für Eure Güte«, sagte der Anführer. »Wie soll ich Euch das vergelten? Was fordert Ihr von mir, Gebieterin?«
»Sorge dafür, dass die Gefangenen nicht zurückkommen werden!«, flüsterte die Tante.
»Das werde ich tun, Herrin. Ich werde sie über die Grenze schaffen und dort Wachen aufstellen, die sie niemals zurückkommen lassen«, versicherte er eifrig.
»Du verstehst mich nicht«, sagte sie unwirsch. »Du sollst dafür sorgen, dass sie nie mehr zurückkommen können. Verstehst du: *nie mehr!* Auch ohne Wachen an der Grenze.«

Der Anführer der Wache erbleichte. »Meint Ihr, ich soll die drei …« Er wagte das Fürchterliche nicht auszusprechen.

»So ist es«, sagte sie. »Melde dich bei mir, wenn die Tat ausgeführt ist. Dann wirst du noch einen Beutel wie diesen erhalten. Und rede mit niemandem darüber, wenn dir dein Leben lieb ist!«

Damit wendete die Frau ihr Pferd und ritt zum Palast zurück.

Der Anführer blickte forschend zu Lippel hinüber. Er überlegte wohl, wie viel Lippel von dem Gespräch mitbekommen hatte.

Der schaute betont gleichgültig auf die Mähne seines Pferdes und versuchte möglichst gelangweilt auszusehen. Es war besser, wenn der Anführer nicht ahnte, dass Lippel nun wusste, in welcher Gefahr er und die beiden anderen Kinder schwebten.

Sie ritten weiter, Stunde um Stunde. Schließlich kam die Karawane zu einer kleinen Oase, und die Wächter beschlossen, dort im Schatten einiger Palmen zu rasten.

Der Anführer löste die Fesseln der drei Verbannten, damit sie von ihren Pferden steigen und an der Wasserstelle trinken konnten. Dann rief er seine Männer zu sich, zog sich mit ihnen zurück und redete leise und heftig auf sie ein.

Nun konnte Lippel endlich unbelauscht mit seinen Mitgefangenen reden.

»Wir sind in großer Gefahr«, sagte er leise. »Sie wollen uns töten. Gerade spricht er mit seinen Männern darüber.«

Prinz Asslam schüttelte heftig den Kopf.

Prinzessin Hamide sagte: »Du musst dich täuschen! Unser Vater ist manchmal sehr heftig in seiner Wut. Aber er bereut alles, wenn sein Zorn verflogen ist. Ich kenne ihn: Nie würde er befehlen, uns zu töten. Ich glaube vielmehr, dass er schon nach kurzer Zeit die Verbannung aufheben und uns zurückholen wird in den Palast. Als die Tante kam, war mein Herz froh, denn ich dachte, sie sei geschickt worden, um uns zurückzuholen. Aber ich habe mich getäuscht, und mein Herz ist traurig. Sie hat die Wächter überreden wollen, uns freizugeben. Aber sie haben ihre Herzen nicht erweichen lassen.«

»Eure Tante hasst Asslam! Sie ist es, die seinen Tod wünscht«, sagte Lippel eindringlich und erzählte, was er beobachtet und gehört hatte.

Die beiden lauschten erschrocken.

»Wir müssen fliehen. Wir müssen fliehen, bevor es zu spät ist!«, sagte Hamide, als Lippel alles erzählt hatte.

Asslam nickte.

»Aber wie?«, fragte Lippel. »Die Wächter reiten besser als wir. Wie sollen wir entkommen?«

Alle drei schwiegen, dachten nach und fanden doch keine Lösung. Plötzlich packte der Prinz Lippel heftig am Arm und wies aufgeregt in die Wüste.

Lippel verstand nicht, was Asslam meinte. Am Horizont war eine kleine dunkle Wolke zu sehen. Ob er die meinte?

»Meinst du die Wolke?«, fragte Lippel.
Asslam nickte.
»Gibt es ein Gewitter?«, fragte er weiter.
Asslam schüttelte heftig den Kopf.
»Was dann?«, fragte Lippel.
Asslam nahm eine Handvoll Sand vom Boden auf, hielt sie Lippel dicht vor die Augen und deutete aufgeregt darauf.
»Was soll ich mit dem Sand?«, fragte Lippel.
»Sandsturm! Kommt dort ein Sandsturm?«, sagte Hamide.
Asslam nickte, zeigte erst auf sich, auf Lippel und Hamide, dann auf die Pferde.
»Er hat recht. Wenn es eine Gelegenheit zur Flucht gibt, dann während des Sandsturms«, sagte Hamide. »Hast du schon einmal einen Sandsturm erlebt?«
»Nein«, sagte Lippel. »Aber in meinem Buch ›Im Morgenlande‹ gibt es ein Bild …«
»Wir haben wenig Zeit, die Wächter kommen zurück«, unterbrach ihn Hamide. »Der Sandsturm ist schrecklich, du wirst es erleben. Du brauchst ein Tuch für Nase und Mund. Hast du nur dieses Gewand? Hast du keinen Turban?«
Lippel schüttelte den Kopf.
»Dann nimm dieses Tuch hier!«, sagte sie und reichte ihm ihr geblümtes Kopftuch. »Wir fliehen, wenn der Sturm losbricht. Selbst wenn sie uns verfolgen, werden sie uns nicht finden. Sie werden nichts erkennen können im Sturm. Wir müssen dicht zusammenbleiben.

Wir dürfen uns nicht verlieren, sonst sind wir verloren! Still jetzt, sie sind zurück!«

Aber dann wollte sie doch noch etwas wissen. »Wie heißt du eigentlich?«, fragte sie.

»Lippel«, sagte er. Und sie nickte und wiederholte »Lippel«, als sei das der selbstverständlichste Name der Welt.

Die Wächter hatten die Wolke ebenfalls bemerkt. Sie war erstaunlich schnell gewachsen und stand wie eine drohende Gewitterwand am Horizont.

»Schnell, sucht Schutz hinter jener Mauer, und hüllt euch fest in eure Gewänder! Bedeckt Augen, Mund und Nase!«, befahl der Anführer. »Ein Sandsturm kommt. Er ist gleich hier.«

Und Gefangene wie Wächter kauerten sich hinter eine halb verfallene Lehmmauer.

Dann wurden auch schon Millionen kleiner Sandkörner mit fürchterlicher Gewalt gegen Lippels Körper geschleudert, verstopften ihm die Nase, reizten seine Augen und drangen selbst durch seinen Regenmantel. Er schlang seine Arme um den Kopf, hielt Hamides Tuch vor die Nase und rang mühsam nach Luft.

Jemand rüttelte an seinem Arm. Es war Asslam. Lippel schaute hinüber zu den Wächtern. Sie hatten ihre dunklen Wollmäntel über den Kopf gezogen und saßen unbeweglich, wie halb vom Sand verschüttete Felssteine.

Die drei Kinder fassten sich bei der Hand und kämpften sich durch den Sturm, hinüber zu den Pferden, die aufgeregt und schnaubend an ihren Haltestricken zerrten.

Sie lösten die Stricke der sechs Pferde, hielten drei am Zügel fest und ließen die anderen frei. Die Pferde der Wächter stürmten davon, verschwanden in einer dunklen Wolke aus Staub und Sand. Dann schwangen sich die drei aufs Pferd und ritten los. Die Wächter hatten noch immer nichts gemerkt, das Heulen des Sturmes übertönte das Hufgetrappel.

Asslam ritt voraus, dahinter ritt Hamide, als Letzter folgte Lippel.

Er wollte sein Pferd dicht hinter den beiden anderen halten. Aber der Wind verfing sich in seinem Regenmantel, blähte ihn auf wie ein Segel und riss Lippel fast vom Pferd. Er versuchte, den Mantel auszuziehen. Das gelang ihm schließlich. Der Mantel wurde vom Sturm gepackt und flog davon. Das verängstigte Pferd erschrak, bäumte sich auf, warf Lippel dabei ab und stürmte hinaus in die Wüste.

»Asslam! Wartet auf mich!«, schrie Lippel. Aber das Tosen des Sturmes war so stark, dass nicht einmal Lippel selbst seine Stimme hörte.

Er kauerte sich in den Sand, in den Schutz einer flachen Sanddüne. Der Sturm ließ nicht nach, er wurde eher noch stärker.

Mühsam presste er das Tuch vor Mund und Nase. Er bekam kaum noch Luft und meinte jeden Augenblick, nun müsse er ersticken.

Ein besonders heftiger Windstoß riss ihm das Tuch aus der Hand. Lippel schlug mit den Armen um sich, bekam plötzlich wieder Luft, atmete tief ein – und wachte auf.

Frau Jakob stand im grünen Morgenmantel neben seinem Bett und hatte sein Kopfkissen in der Hand.
»Guten Morgen, Philipp«, sagte sie. »Du musst aufstehen. Schläfst du immer mit dem Kopfkissen auf dem Gesicht? Bekommt man da überhaupt Luft?«
»Ist der Sturm vorbei?«, fragte Lippel verwirrt.
»Der Sturm?«, wiederholte Frau Jakob. »Ach, du meinst das Gewitter heute Nacht. Hast du es gehört? Bist du davon aufgewacht? Das Wetter spielt wirklich gaaanz verrückt. Mal regnet es, mal scheint die Sonne, und nun dieser Sturm! Aber jetzt ist er vorbei.« Sie zog die Vorhänge auf. »Siehst du: Die Sonne scheint. Höchste Zeit zum Aufstehn!«
»Ja«, sagte Lippel. »Die Sonne scheint wirklich wieder.«
Frau Jakob sagte: »Ich geh schon mal nach unten und mache uns Frühstück. Und du gehst ins Bad, Philipp! Aber nicht wieder einschlafen!« Damit verließ sie das Zimmer.
»Die Sonne. Kein Sand mehr. Ich bin gerettet«, murmelte Lippel und setzte sich auf. Er musste erst einmal seine Gedanken ordnen. Er war zu Hause, in seinem Bett. Alles war also ein Traum gewesen. Aber was war mit den anderen beiden? Waren auch sie aufgewacht und hatten festgestellt, dass sie alles nur geträumt hatten? Oder irrten sie immer noch durch den Sandsturm?!

Dienstag

Frühstück mit Frau Jakob

Als Lippel nach unten kam, saß Frau Jakob am Frühstückstisch und aß gerade Joghurt.

»Jetzt frag nur nicht gleich nach deinem Sammelpunkt!«, empfing sie ihn. »Ich habe nämlich vergessen, daran zu denken, tut mir leid. Als es mir einfiel, war der Deckel schon zerrissen. Aber auf deinem Joghurt ist ja auch ein Punkt, den kannst du ja ausschneiden. Oder magst du keinen Joghurt zum Frühstück?«

»Doch, doch! Ich esse immer nur Joghurt«, versicherte Lippel. Wenn das so weiterging, würde er noch mindestens eine Woche brauchen, bis er die hundert Punkte beieinanderhatte, dachte er verdrossen.

»Aber du isst doch nicht nur Joghurt?«, fragte Frau Jakob. »Ein Junge wie du muss auch etwas Kräftiges essen. Soll ich dir ein Brot machen?«

»Nein, danke«, antwortete Lippel. »Morgens esse ich immer nur Joghurt.«

»Ich mach dir trotzdem eines«, entschied sie und bestrich eine Scheibe Brot dick mit Butter. »So, das gibt Kraft.«

»Ich esse aber morgens nie Brot«, sagte Lippel. »So früh bekomme ich nichts Festes runter.«

»Macht nichts. Dann nimmst du es mit als Pausenbrot«, sagte Frau Jakob und wickelte das Brot in eine weiße Papierserviette.
»In der Pause esse ich lieber einen Schoko-Cracky«, sagte Lippel.
»Was ist denn ein Schoko-Cracky?«
»Der knusprige Schokoladenriegel mit den drei Waffelschichten und der zarten Karamellfüllung«, erklärte ihr Lippel. So hieß es jedenfalls immer in der Reklame.
»Und das erlaubt deine Mutter?«
»Sie hat es mir noch nie verboten«, versicherte Lippel. Das war nicht direkt gelogen. Seine Mutter hatte es ihm allerdings auch noch nie erlaubt. Genau gesagt wusste sie nichts davon. Sie war der Meinung, dass er für die fünfzig Pfennige, die sie ihm mitgab, beim Schulbäcker Mohnbrötchen kaufte. Oder zumindest doch Nusshörnchen.
»Kein Wunder, dass du so entsetzlich mager bist, wenn dir deine Eltern nichts Richtiges zu essen geben«, sagte Frau Jakob. »Von mir bekommst du jedenfalls etwas Nahrhaftes.«
Beide löffelten weiter ihren Joghurt.
Nach einer Weile erkundigte sich Lippel vorsichtig: »Was gibt es denn heute Nahrhaftes zum Mittagessen?«
»Das wirst du schon früh genug erfahren«, antwortete Frau Jakob.
Lippel machte eine tiefe morgenländische Verbeugung, kreuzte die Arme über der Brust und sagte: »Verzeiht, Gebieterin, wenn ich Eure ehrwürdigen Ohren durch

meine nichtswürdige Frage nach dem Mittagessen beleidigt habe.«

»Was ist mit meinen Ohren?«, fragte Frau Jakob. »Du machst dich wohl über mich lustig! Das ist die Höhe!« Sie war ziemlich beleidigt. »Ich muss mit dir sowieso über gestern Abend reden. Denke nicht, dass ich das einfach vergesse! Mir so einen Schreck einzujagen! Ich dachte schon, du wärst weggelaufen oder entführt worden.«

»Ich wollte Sie wirklich nicht erschrecken. Ich wollte nur noch ein bisschen lesen«, versuchte Lippel sich zu entschuldigen.

»Ein bisschen lesen! Und dazu musst du in einen Schrank kriechen, was? Denk nur nicht, dass du dein Buch von mir wiederbekommst!«

Und da Lippel nichts dazu sagte, sondern nur stumm in seinem Joghurtbecher rührte, griff sie beleidigt zur Zeitung auf dem Tisch und fing an zu lesen.
Lippel, der ihr gegenübersaß, versuchte von seinem Platz aus die Überschriften zu entziffern.
»Keine Aussicht auf Entspannung!«, las er laut vor.
»Ich jedenfalls bin nicht schuld daran«, behauptete Frau Jakob hinter ihrer Zeitung.
»Das stimmt«, bestätigte Lippel.
»Na, wenigstens gibst du das zu!«, sagte Frau Jakob.
»Ja«, sagte Lippel. »Die Großmächte sind schuld, hier steht es.«
Frau Jakobs Gesicht tauchte über dem Rand der Zeitung auf, verwirrt schaute sie ihn an. »Ach, du liest Zeitung!«, sagte sie dann.
Lippel las die nächste Überschrift: »Bundesbahn beklagt sich: Schwarzfahrer nehmen stark zu.«
Er fragte: »Was sind denn Schwarzfahrer?«
»Leute, die ohne Fahrkarte fahren«, erklärte Frau Jakob.
»Gut, dass Sie kein Schwarzfahrer sind«, meinte Lippel.
»Wieso?«
»Weil die Schwarzfahrer stark zunehmen.« Lippel grinste. »Und Sie wollen doch abnehmen. Oder nicht?«
Frau Jakob wurde ganz rot im Gesicht vor Zorn. »Deine Unverschämtheiten lasse ich mir nicht länger bieten!«, rief sie und warf die Zeitung auf den Tisch.
»Ich wollte doch nur einen Witz machen«, sagte Lippel

besänftigend. Sein Vater hätte das witzig gefunden, da war er sich ganz sicher!
»So, du willst Witze über mich machen! Eines muss dir klar sein: Ich sitze am längeren Hebel!«, drohte Frau Jakob.
Und weil das auf Lippel keinen Eindruck zu machen schien, fragte sie: »Was machst du denn, wenn ich heute Mittag die Tomatensoße von gestern aufwärme?!«
»Dann geh ich zu Frau Jeschke essen!«
»Frau Jeschke? Wer ist denn das?«
»Meine Freundin«, sagte Lippel.
»So, deine Freundin! Ich will dir verraten, was ich mache, wenn du das machst: Dann rufe ich deine Eltern an und sage ihnen alles!«
Am liebsten hätte Lippel erwidert: »Das können Sie ruhig tun. Ich wollte sie sowieso schon anrufen.« Aber er wusste, dass Frau Jakob sich dann noch mehr aufregen würde.
Dabei hatte er sie wirklich nicht ärgern wollen, er wusste selbst nicht, wie alles gekommen war. So sagte er einlenkend:
»Ich esse ja hier. Entschuldigung, ich wollte das nicht so sagen!«
»Aha! Die Drohung mit deinen Eltern scheint zu wirken«, stellte Frau Jakob fest. »Und nun geh endlich, sonst kommst du zu spät in die Schule!«
Aber als Lippel schon im Flur war, rief sie ihn zurück: »Was ist denn mit deinem Pausenbrot? Willst du dein Pausenbrot nicht mitnehmen?!«

Lippel steckte das Brot in die Seitentasche seines Schulranzens und wollte schnell gehen. Aber Frau Jakob ließ ihn immer noch nicht weg.
»Nimm lieber deinen Regenmantel mit!«, sagte sie. »Es wird bestimmt regnen.«
»Aber die Sonne scheint doch!«
»Eben, eben!«, sagte sie. »Bei diesem Wetter muss man mit Regen rechnen, wenn die Sonne scheint, und mit Sonne, wenn es regnet.«
»Aber mein Regenmantel ist weg«, versicherte Lippel. »Er ist mir davongeflogen.«
»Soll das schon wieder ein Witz sein?«, fragte Frau Jakob ärgerlich. »Hier hängt er doch! Oder ist das etwa kein Regenmantel?«
»Ach, da ist er ja!«, sagte Lippel, nahm den Regenmantel über den Arm und rannte zur Schule.

In der Schule

Beinahe wäre er zu spät gekommen.
Lippel schlüpfte gerade noch vor Frau Klobe durch die Klassenzimmertür und setzte sich schnell an seinen Platz.
Arslan und Hamide saßen schon da. Lippel stellte es fast verwundert fest.
»Das war vielleicht ein Sturm!«, flüsterte er den beiden zu.
»Was für Sturm?«, fragte Hamide erstaunt.

»Na, heute Nacht«, sagte Lippel. »Heute Nacht, als ...«
Frau Klobe unterbrach ihn. »Philipp, du hast doch gemerkt, dass ich da bin. Ich möchte gerne anfangen!«
»Ja, ja. Alles klar!«, sagte Lippel und packte seine Mathesachen aus, denn in der ersten Stunde hatten sie Mathematik.
Aber er schaffte es gerade fünf Minuten lang, ruhig zu sein.
»Habt ihr den Weg gefunden?«, wollte er dann von den beiden wissen.
»Ja. War ganz einfach«, sagte Hamide, und Arslan nickte.
»Was ist mit eurer Tante?«, fragte Lippel weiter.
»Welche Tante?«, fragte Hamide erstaunt.
»Na, die Frau von eurem Onkel. Die grüne«, sagte Lippel.
»Frau von Onkel? Aber die ist nicht hier. Die ist zu Hause geblieben, in der Türkei«, sagte Hamide.
»Die ist nicht gerade freundlich!«, flüsterte Lippel.
Aber ehe Hamide fragen konnte, was er damit meinte, rief Frau Klobe: »Philipp! Hamide! Ihr redet ja schon wieder dahinten. Würdet ihr bitte zuhören?«
Lippel hielt diesmal zehn Minuten durch. Dann erklärte Frau Klobe an der Tafel eine neue Aufgabe. Kaum hatte sie sich umgedreht, flüsterte Lippel: »Du, Asslam ...«
Arslan schüttelte unwillig den Kopf und sagte: »Nicht Asslam. Arslan mein Name.«
Es war das erste Mal, dass er mit Lippel redete.
Frau Klobe hörte auf zu erklären und schaute vorwurfs-

voll nach hinten, zu den beiden. Die merkten nichts davon.

»Ach so: Arslan«, sagte Lippel und wiederholte es gleich noch einmal langsam: »Arslan.«

»Richtig!«, bestätigte Arslan. »Ist Löwe.«

»Wie meinst du das?«, fragte Lippel.

»Ist Löwe!«, wiederholte Arslan und nickte nachdrücklich.

Hamide sagte: »Arslan heißt auf Deutsch ›Löwe‹!«

»Ach so!«, sagte Lippel. »Guter Name: Arslan, der Löwe!«

»Jetzt reicht es mir aber!«, rief in diesem Augenblick Frau Klobe. »Ich habe keine Lust, mich noch ein viertes Mal von euch stören zu lassen. Ich setze euch für den Rest der Stunde auseinander. Philipp, du rückst ganz nach rechts, Arslan, du setzt dich nach links! Dann wird es hoffentlich ein bisschen leiser dahinten.«

»Siehst du, es bringt Unglück, wenn du redest! Die Sterne sagen die Wahrheit«, konnte Lippel dem verdutzten Arslan gerade noch zuflüstern, dann musste er sich an den Nachbartisch setzen.

In der Pause kaufte sich Lippel für sein Taschengeld einen Schoko-Cracky und teilte ihn mit Arslan und Hamide.

»Woher weißt du, dass meine Tante nicht freundlich ist?«, fragte Hamide und biss in den Schoko-Cracky.

Lippel zögerte mit seiner Antwort.

Am liebsten hätte er gesagt: »Ich habe euch ja heute Nacht schon erzählt, was sie getan hat!« Aber er hatte

den Verdacht, dass er wieder mal Traum und Wirklichkeit vermischte.
Deshalb sagte er: »Ich weiß auch nicht. Tanten sind eben manchmal nicht besonders nett.«
»Das stimmt«, bestätigte Hamide. »Ich war in den Ferien in der Türkei. Meine Tante dort hat mich geschlagen und den ganzen Tag nicht aus dem Haus gelassen!«
»So was Gemeines!«, sagte Lippel. »Warum hat sie das denn getan?«
»Weil ich auf die Straße gegangen bin ohne Kopftuch. Sie will, dass ich ein Kopftuch umbinde«, sagte Hamide.

»Kopftuch?«, fragte Lippel. »Was für ein Kopftuch, wie sieht es aus?«
Hamide lachte. »Du fragst komische Sachen! Warum willst du so etwas wissen? Es ist rot, mit Blumen darauf.«
»Stimmt. Genauso ist es!«, bestätigte Lippel.
»Du spinnst«, sagte Hamide und lachte noch mehr. »Das kannst du gar nicht wissen.«
»Du brauchst gar nicht über mich zu lachen«, sagte Lippel ein bisschen beleidigt und ging ins Klassenzimmer zurück.
Wie hätte er ihr auch klarmachen sollen, dass ihn heute Nacht ein rotes Kopftuch mit Blumen vor dem Sandsturm geschützt hatte! Ein Kopftuch, das ihm eine Prinzessin geschenkt hatte, die Hamide ziemlich ähnlich sah. Und die einen Bruder hatte, der nie sprach.
In den beiden Stunden nach der Pause hatten sie Deutsch und Sachkunde.
Lippel fragte: »Frau Klobe, darf ich mich wieder neben Arslan setzen?« Und Frau Klobe antwortete: »Nur, wenn ihr nicht miteinander redet!«
Er setzte sich neben Arslan und redete wirklich nicht.
Und als die Schule aus war, ging er noch ein Stück mit Arslan und Hamide die Herderstraße entlang, bis er dann nach rechts abbiegen musste, in die Friedrich-Rückert-Straße, wo er wohnte.

Ein Besuch bei Frau Jeschke

Über das Mittagessen lässt sich nichts Besonderes sagen: Es gab Nudelauflauf mit Blumenkohl. Und weil weder Lippel noch Frau Jakob große Lust zu reden hatten, verlief das Essen recht schweigsam.

Nach dem Essen ging Lippel in sein Zimmer und machte Hausaufgaben. Als er fertig war, schaute Frau Jakob seine Hefte durch und entdeckte dabei, dass sein Pausenbrot noch unberührt in der Außentasche seines Schulranzens steckte.

»Was soll das? Warum hast du das Brot nicht gegessen?«, fragte sie.

»Ich habe es vergessen«, sagte Lippel.

»Dann wirst du es eben morgen essen«, beschloss Frau Jakob und sagte: »Leg es mal gleich in den Kühlschrank! Damit es frisch bleibt.«

Als auch das getan war, fragte Lippel: »Darf ich vielleicht doch ein bisschen in meinem Buch lesen?«

Die Antwort von Frau Jakob war kurz und so, wie er es fast erwartet hatte: »Nein, das darfst du nicht!«

So sagte Lippel: »Dann besuche ich jetzt mal Frau Jeschke«, und ging schnell aus dem Haus, bevor Frau Jakob widersprechen konnte.

Frau Jeschke stand gerade vor der Haustür und fütterte einen Hund mit Essensresten, als Lippel kam.

»Hallo, Frau Jeschke«, begrüßte Lippel sie. »Was ist denn das für ein Hund?«

»Hallo, Lippel!«, grüßte sie freundlich zurück. »Ach,

der streicht schon den ganzen Tag hier herum. Entweder er hat sich verlaufen, oder seine Besitzer sind in Urlaub gefahren und haben ihn zurückgelassen. Das soll es ja geben. Aber komm mit herein: Jetzt wirst *du* gefüttert!«
»Nicht nötig«, sagte Lippel, während er hinter ihr her ins Haus ging. »Ich habe schon gegessen.«
»Aber bestimmt keine eingemachten Erdbeeren!«, sagte Frau Jeschke.
»Nein, nur Nudelauflauf«, sagte Lippel.
»Na, siehst du: Da fehlt also noch der Nachtisch«, stellte sie fest, holte ein Glas Erdbeeren aus der Speisekammer, öffnete es und füllte zwei Schüsselchen bis an den Rand. »So ein Besuch muss doch gefeiert werden!«
Die beiden setzten sich an den Küchentisch und ließen sich die Erdbeeren schmecken.
»Ach, ich habe ja etwas für dich!« Frau Jeschke fasste in die Tasche ihrer karierten Schürze und kramte darin

herum. »Hier: fünf Sammelpunkte! Ich glaube, ich trinke in letzter Zeit doppelt so viel Milch wie früher, weil ich so hinter den Punkten her bin.«

»Danke! Vielen Dank, Frau Jeschke«, rief Lippel. »Vielleicht habe ich bis zum Ende der Woche doch noch hundert Punkte. Im Augenblick verliere ich allerdings fast mehr Punkte, als ich bekomme!«

»Du verlierst Punkte? Das darf doch nicht wahr sein!«, sagte Frau Jeschke und lachte. »Ausgerechnet du, der sonst wie ein Luchs darauf aufpasst!«

»Ich bin nicht schuld daran«, sagte Lippel und erzählte die ganze Geschichte mit Frau Jakob, den Sammelpunkten, der Tomatensoße und dem Buch.

Frau Jeschke hörte aufmerksam zu und schüttelte ab und zu ungläubig den Kopf.

»Zu dumm!«, sagte sie, als er fertig war. »Und nun ist dein Buch weg, und du weißt nicht, wie die Geschichte weitergeht. Ich kenne das. Ich lese nämlich immer den Roman in der Zeitung und kann es kaum erwarten, bis am nächsten Tag die neue Zeitung mit der Fortsetzung kommt. Aber du musst nicht nur einen Tag warten, sondern fast eine Woche! Zu dumm!«

»Ja, das ist wirklich dumm«, sagte Lippel. »Obwohl ich mir schon denken kann, wie die Geschichte weitergeht: Ich hab sie nämlich weitergeträumt!«

»Weitergeträumt? Das ist vielleicht schlau!« Frau Jeschke lachte anerkennend. »Träumt die Geschichte einfach weiter! Sehr schlau!«

»Ganz so schlau ist das auch nicht. Ich habe sie ja nur

ein Stück weitergeträumt. Sie ist noch lange nicht zu Ende.«

»Da hilft nur ein Fortsetzungstraum«, sagte Frau Jeschke eifrig. »Vielleicht hast du Glück!«

»Was ist denn ein Fortsetzungstraum?«

»Hast du das noch nie erlebt? Ich habe auch nur selten Fortsetzungsträume, offen gesagt. Aber wenn ich sie erlebe, sind es für mich die schönsten Träume überhaupt!«

»Jetzt weiß ich aber immer noch nicht, was das ist!«

»Wie soll ich das erklären?« Frau Jeschke dachte nach. »Ungefähr so: Man träumt eine Geschichte. Dann ist die Nacht vorbei, und der Traum ist zu Ende, aber noch nicht die Geschichte. Und in der nächsten Nacht träumt man einfach da weiter, wo man letzte Nacht aufhören musste. So lange, bis die Geschichte zu Ende ist.«

»Und das geht?«

»Nicht immer. Aber manchmal hat man Glück. Dann geht es«, versicherte Frau Jeschke.

Lippel hatte noch eine andere Frage. »Gibt es das wohl, dass verschiedene Menschen die gleiche Geschichte träumen? Wenn ich von Arslan und Hamide träume, ist es möglich, dass sie dann auch von mir träumen?«

Frau Jeschke wiegte unschlüssig den Kopf hin und her. »Unmöglich ist es nicht. Aber ich glaube nicht, dass so etwas vorkommt«, meinte sie dann. »Und wer ist eigentlich dieser …«

»Arslan«, ergänzte Lippel. »Arslan und Hamide. Das sind zwei Neue aus meiner Klasse. Arslan redet nicht,

weil in den Sternen stand – ach nein, das war ja Asslam, der Prinz. Der darf nicht reden.«
»Und der geht in deine Klasse?«
»Nein, nein. Der ist aus meinem Traum.«
»Und der redet nicht?«
»Ja, genau. Der aus meiner Klasse heißt Arslan.«
»Ich verstehe! Und der redet natürlich!« Frau Jeschke nickte.
»Nein, der redet eben nicht!«, widersprach Lippel.
»Der redet auch nicht?«, fragte Frau Jeschke. »Das ist aber kompliziert.«
»Mit Hamide ist das auch nicht einfacher«, sagte Lippel. »Die heißt nämlich im Traum auch Hamide, und außerdem hat sie ein rotes Kopftuch mit Blumen, das mich vor einem Sandsturm geschützt hat.«
»Ah, ich verstehe: Die aus deinem Traum hat ein Kopftuch«, sagte Frau Jeschke und nickte wieder.
»Nein, die echte! Die aus meiner Klasse«, sagte Lippel.
»Das geht ja alles durcheinander. Man kennt sich ja gar nicht mehr aus!«, klagte Frau Jeschke. »Wer ist denn nun wer?«
»Eben!«, sagte Lippel. »Das ist ja das Schwierige. Genau das ist ja mein Problem! Ich muss die Geschichte unbedingt zu Ende träumen. Sonst kenne ich mich überhaupt nicht mehr aus.«
»Sage ich doch, sage ich doch!«, bestätigte Frau Jeschke. »Hier hilft nur ein Fortsetzungstraum.«
»Dann geh ich mal gleich wieder nach Hause«, sagte

Lippel und stand auf. »Vielen Dank für die Punkte und vielen Dank für die lange Unterhaltung.«

»Du bist aber heute höflich«, sagte Frau Jeschke und lachte. »Warum willst du so schnell gehen? Es ist nicht einmal sieben Uhr. Esst ihr denn schon zu Abend?«

»Nein, nein. Ich muss ins Bett«, erklärte ihr Lippel im Weggehen. »Ich muss sofort schlafen, sonst träume ich die Geschichte nicht zu Ende.« Natürlich regnete es wieder mal heftig, als er aus Frau Jeschkes Haus kam. Doch diesmal hatte er seinen Regenmantel nicht dabei. Und obwohl er zurückrannte, so schnell er konnte, kam er tropfnass drüben an. Frau Jakob rief ihn gleich in die Küche.

»Deine Eltern haben angerufen«, berichtete sie ihm und fügte spitz hinzu: »Aber du warst ja nicht da!«

»Was haben sie denn gesagt? Wie geht es ihnen denn?«, fragte Lippel aufgeregt. »Rufen sie noch mal an?«

»Ich glaube nicht«, sagte Frau Jakob. »Ich habe ihnen erzählt, dass es dir gut geht und dass du dich wohlfühlst.«

»Darf ich sie anrufen?«, fragte Lippel.

»Das hat keinen Zweck. Sie sind heute Abend nicht im Hotel. Deswegen haben sie ja am Nachmittag telefoniert«, sagte Frau Jakob. »Ich habe ihnen übrigens nicht verraten, dass du so ungezogen warst. Ich wollte sie nicht beunruhigen.«

»Schade«, sagte Lippel traurig.

»Schade?«, fragte Frau Jakob. »Hätte ich das mit dem Buch etwa sagen sollen?!«

»Ich meinte doch: Schade, dass ich nicht mit ihnen reden konnte«, sagte Lippel.

»Wer nachmittags nicht zu Hause ist, darf sich auch nicht beklagen, wenn er ein Telefongespräch versäumt!« Damit war dieses Thema für Frau Jakob beendet. »Und nun zieh dir deine nassen Sachen aus! Wir wollen zu Abend essen.«

Nach dem Abendessen (Reissalat mit hart gekochten Eiern) fragte Lippel: »Darf ich jetzt ins Bett gehen?«

Frau Jakob, die wohl annahm, sie hätte sich verhört, fragte zurück: »*Was* möchtest du?«

»Ins Bett gehen«, wiederholte Lippel.

»Warum denn das? Es ist doch noch hell draußen!«

»Ich kann ja die Vorhänge zuziehen.«

»Was willst du denn so früh im Bett?!«

»Schlafen!«

»Du kannst mir nicht erzählen, dass du schlafen willst! Du hast doch etwas vor! Denke nur nicht, du kannst dich wieder in diesem Wandschrank verstecken!«

»Nein, ich will wirklich schlafen.«

»Das erlaube ich nicht!«

»Wieso denn?«, fragte Lippel. »Warum darf ich denn nicht schlafen gehen?!«

»Weil – weil – weil das Geschirr noch abzutrocknen ist.« Das war ihr wohl gerade noch eingefallen. »Ich will schließlich nicht den ganzen Abwasch alleine machen.«

»Gut, dann mache ich das schnell und gehe dann ins Bett«, sagte Lippel, ließ gleich heißes Wasser ins Becken

laufen, schüttete Spülmittel hinein und begann, das Geschirr abzuspülen.
»Wieso denn so hastig? Es genügt, wenn du mir abtrocknen hilfst. *Ich* werde abspülen.« Frau Jakob war ganz unruhig. »Du hast doch etwas vor! Sag mir, was du vorhast!«
»Ich will schlafen«, sagte Lippel. »Nur schlafen.«
Frau Jakob wusch das Geschirr sehr, sehr gründlich und ausgiebig ab. Lippel stand daneben, das Geschirrtuch in der Hand, und wurde immer ungeduldiger. Schließlich gab es in der ganzen Küche nichts mehr abzuwaschen.
Frau Jakob sagte freundlich:
»Und jetzt willst du sicher noch ein wenig fernsehen, wie gestern Abend, ja? Na, ausnahmsweise sage ich mal nicht Nein dazu!«
Doch Lippel wollte nur ins Bett.
So blieb Frau Jakob nichts anderes übrig, als Lippel zu ermahnen, sich vorher aber zu waschen, die Zähne zu putzen und die Haare zu kämmen.
»Warum soll ich mir denn die Haare kämmen? Ich geh ja doch ins Bett!«, protestierte Lippel.
»Na gut, du darfst es lassen«, erlaubte Frau Jakob großmütig. »Dann kommst du aber noch einmal und sagst mir Gute Nacht, ja?«
»Meinetwegen«, sagte Lippel ungeduldig, wusch sich im Schnellgang, putzte die Zähne, dass die Zahnpastatröpfchen nur so durchs Bad schwirrten, rief Frau Jakob ein lautes, aber hastiges »Gute Nacht!« zu und konnte, endlich, ins Bett gehen.

Er deckte sich gut zu, wälzte sich erst auf die rechte, dann auf die linke Seite, und während er noch darüber nachdachte, wie sein letzter Traum eigentlich geendet hatte, war er auch schon eingeschlafen und fing an zu träumen.

Der zweite Traum

Der Sandsturm wurde schwächer und hörte ebenso unvermittelt auf, wie er begonnen hatte.
Lippel richtete sich langsam auf, wischte den Sand aus seinem Gesicht und schüttelte sich, um die Sandkörner aus seinen Haaren und Kleidern zu schleudern.
Er guckte sich um. Bis zum Horizont dehnte sich die Wüste aus. Wohin er blickte: nur Sand und flache Sanddünen.
Von der Oase war nichts zu sehen. Sein Pferd musste ziemlich weit gestürmt sein, ehe es ihn abgeworfen hatte. Durch den Sturm hatte er nicht abschätzen können, wie lange und wie weit er hinter den anderen hergeritten war.
Er hätte gern am Stand der Sonne festgestellt, aus welcher Richtung sie gekommen waren. Aber er konnte es nicht.
Und der Sturm hatte alle Spuren im Sand gelöscht.
Er war allein. Ganz allein in der Wüste, und er wusste nicht, was er tun sollte. Warum hatten ihn die beiden nur allein gelassen!
Sollte er versuchen, zur Oase zurückzufinden?

Das war zu gefährlich, denn da waren bestimmt noch die Wächter. Sollte er allein weitergehen? Da würde er unweigerlich verdursten.
Er wagte es nicht einmal, nach Asslam und Hamide zu rufen. Er hatte Angst, die Wächter könnten in der Nähe sein und ihn hören.
Er setzte sich in den Sand, unfähig, einen Entschluss zu fassen. Alle hatten ihn verlassen, er war allein.
Er fühlte, wie die Tränen in ihm hochstiegen. Und da er ganz allein in der Wüste saß und bestimmt niemand zusehen konnte, hielt er die Tränen nicht zurück. Er beugte den Kopf auf seine Knie, weinte und weinte.
Plötzlich glaubte er ganz in der Nähe einen Laut zu hören. Es war, als atmete ein Tier, ein Löwe oder ein anderes gefährliches Raubtier.
Lippel sprang erschrocken auf und wischte sich die Tränen aus den Augen: Da stand ein Hund! Ein magerer brauner Hund mit hellen Augen und einem auffallenden dunklen Fleck auf der Brust. Er schaute misstrauisch zu Lippel hin.
War das ein wilder Hund? War er gefährlich?
Vorsichtig ging Lippel einen kleinen Schritt auf den Hund zu, und der Hund wich zurück. Er schien mindestens genauso viel Angst vor Lippel zu haben wie Lippel vor ihm.
Lippel kniete sich in den Sand und lockte den Hund.
»Komm!«, rief er halblaut. »Komm her! Komm her zu mir!«

Der Hund kam langsam und vorsichtig näher. Schließlich schien er einzusehen, dass Lippel ihm nichts antun wollte, kam zu ihm und beschnupperte ihn.
»Brav!«, sagte Lippel. »Braver Hund.«
Er berührte den Hund vorsichtig, und der wedelte mit dem Schwanz.
»Schön, dass du gekommen bist! Jetzt bin ich wenigstens nicht ganz allein«, sagte Lippel. »Wenn du auch nur ein Hund bist.« Der Hund winselte.
Er ließ sich jetzt sogar von Lippel streicheln.
Nach einer Weile machte er sich von Lippel los, lief einige Schritte weit, blieb dann stehen und schaute Lippel auffordernd an.
»Soll ich zu dir kommen? Meinst du das?«, fragte Lippel und stapfte durch den Sand hin zu ihm.
Der Hund rannte wieder ein kurzes Stück voraus und wartete. Es war wie ein Spiel: Der Hund lief voraus, wartete, und Lippel folgte ihm. Sie mochten auf diese Weise schon eine Stunde hintereinander hergegangen sein, als Lippel plötzlich vor sich eine dunkle Staubwolke bemerkte.
Zuerst erschrak er, weil er dachte, ein neuer Sandsturm stünde bevor. Dann erkannte er aber, dass sich die Wolke rasch näherte und dabei kaum größer wurde. Sie wurde wohl von einem Reiter verursacht. Oder von mehreren Reitern!
Das war nicht weniger erschreckend. Was sollte er tun, wenn das die Wächter waren? Die Wächter, die ihre Pferde wieder eingefangen hatten und nun rastlos die

Wüste durchritten, auf der Suche nach ihm, nach Hamide und Asslam.

Er musste sich verbergen, auf der Stelle!

Lippel warf sich flach in den Sand, in den schmalen Schattenstreifen einer Sanddüne.

Aber der Hund!

Der Hund würde ihn unweigerlich verraten, wenn es Lippel nicht gelang, ihn ganz schnell zu sich zu locken und ihn neben sich in den Sand zu ziehen.

»Komm, Hund!«, rief er mit gedämpfter Stimme. »Komm doch! Komm schnell!«

Der Hund schien das für ein neues Spiel zu halten. Er kam, aber ehe Lippel ihn fassen konnte, wich er geschickt aus und sprang mit ein paar Sätzen zurück.

»Komm her!«, sagte Lippel verzweifelt. »Bitte, bitte, komm doch!« Und das Spiel wiederholte sich.

Lippel wurde immer verzweifelter und wütender.

»Hierher, du verfluchter Köter!«, rief er.

Die Wolke hatte sich noch mehr genähert. Jetzt konnte Lippel schon erkennen, dass der Staub von mehr als einem Reiter aufgewirbelt wurde.

Gleich würden die Reiter den Hund entdecken, und damit auch Lippel!

Lippel versuchte es nun mit einer Taktik. Er stellte sich tot, verhielt sich ganz still und hielt sogar den Atem an. Und wirklich schnupperte der neugierige Hund erst vorsichtig an Lippels Füßen und dann, als der sich nicht bewegte, an seiner Hand, schließlich an Lippels Haaren.

Lippel packte zu und hielt den Hund fest. Aber gerade als er ihn zu sich herunterziehen wollte, riss der Hund sich plötzlich los, fing an zu bellen und rannte kläffend auf die Reiter zu. Lippel lag im Schatten der Sanddüne, starr vor Angst, wagte nicht, aufzublicken, und wartete jede Sekunde darauf, entdeckt und jäh von kräftigen Männerhänden gepackt zu werden.

Das Bellen wurde lauter und aufgeregter. Das dumpfe Hufgetrappel verstummte plötzlich. Nun hatten sie den Hund entdeckt.

Lippel hielt den Atem an.

Eine Mädchenstimme rief freudig überrascht: »Das ist ja Muck! Asslam, schau doch: Das ist Muck! Er muss uns gefolgt sein. Ja, Muck, sei ruhig! Braver Hund, braver Hund!«

Es war die Stimme von Hamide!

Lippel sprang auf.

Zwei Pferde standen so nahe bei ihm, dass er die Reiter sofort erkannte: Asslam und Hamide.

Asslam war vom Pferd gestiegen und streichelte den Hund, der winselnd an ihm hochsprang und ihn mit allen Zeichen der Freude begrüßte.

Hamide sah Lippel zuerst. Sie erschrak, als sich so unvermittelt eine staubige Gestalt vor ihr aufrichtete. Doch gleich darauf erkannte sie ihn und stieg auch vom Pferd.

»Lippel! Lippel, da bist du ja!«, rief sie. »Wo ist dein Pferd? Warum bist du nicht bei uns geblieben? Wir suchen dich seit Stunden!«

»Mein Pferd hat mich abgeworfen. Es ist weg«, sagte Lippel kleinlaut. »Ich habe euch auch gesucht. Sehr!«
Asslam umarmte Lippel stumm.
»Wir haben uns große Sorgen um dich gemacht«, versicherte Hamide.
Asslam nickte.
»Ich bin ja so froh, dass ihr da seid!«, sagte Lippel erleichtert. »Gut, dass wir uns gefunden haben.«
»Stell dir vor: Asslams Lieblingshund hat uns gefunden«, erzählte Hamide aufgeregt. »Wahrscheinlich ist er uns gefolgt, als man uns aus dem Palast schaffte. Im Sturm hat er dann unsre Spuren verloren. Er heißt Muck.« Sie streichelte Muck und sagte dabei: »Muck, das ist Lippel. Begrüße ihn!«
»Ach, wir kennen uns bereits«, sagte Lippel und streichelte Muck über den Kopf. »Wir sind schon ein ganzes Stück zusammen durch die Wüste gegangen.«
»Und was machen wir nun?«, fragte Hamide. »Wie geht es jetzt weiter?«
Asslam zeigte zuerst auf Lippel, dann auf sein Pferd.
»Meinst du, ich soll reiten und du gehst zu Fuß?«, fragte Lippel.
Asslam lachte und schüttelte den Kopf. Er nahm Lippel am Arm, führte ihn zu seinem Pferd, ließ ihn aufsitzen und schwang sich dann hinter ihm auf den Pferderücken.
Hamide stieg auch auf ihr Pferd, und so ritten die drei nebeneinanderher. So schnell, dass Muck kaum folgen konnte.

»Wohin reiten wir eigentlich?«, rief Lippel Hamide zu.
»Zurück zur Hauptstadt!«, antwortete Hamide.
»Ist das nicht gefährlich?«, fragte Lippel. »Man hat uns doch verbannt. Wir können doch nicht einfach in den Palast zurückkehren.«
»Nicht in den Palast!«, schrie Hamide. »Wir verbergen uns in der Stadt. Zwei Tage lang. Dann darf Asslam wieder reden und kann unsrem Vater alles erklären.«
»Wie findet ihr zurück? Woher wisst ihr, in welche Richtung wir reiten müssen?«, wollte Lippel wissen.
»Asslam führt uns. Er hat bei Sindbad, seinem Lehrer, gelernt, wie man am Stand der Sonne erkennen kann, wo man sich befindet. Du kannst ihm vertrauen.«
»Woher weißt du das alles?«, fragte Lippel. »Hat Asslam mit dir gesprochen?«
»Nein, er hat es mir aufgeschrieben. Mit dem Finger in den Sand. Er meint, dass wir noch heute in der Stadt sein können.« Sie ritten den ganzen Tag und machten selten Rast.
Die Pferde wurden immer müder und langsamer. Muck, der anfangs kaum hatte folgen können, war nun den beiden Pferden weit voraus.
Die Sandwüste ging langsam über in eine Felswüste, in der schon einige Pflanzen wuchsen: hartes Gras und kleinblättrige Büsche.
Die Landschaft wurde immer grüner und freundlicher, je weiter sie ritten. Plötzlich hielt Asslam sein Pferd an. Hamides Pferd blieb auch stehen.
»Übernachten wir hier?«, fragte Lippel und drehte sich

zu Asslam um. Asslam schüttelte verneinend den Kopf und zeigte nach vorne. Lippel kniff die Augen zusammen und starrte angestrengt in die angegebene Richtung. Weit vor ihnen am Horizont erhob sich eine morgenländische Stadt aus der Ebene. Tausende von weißen Häusern mit flachen Dächern drängten sich einen Hügel hinauf. Sie standen so dicht, dass man meinte, man könne mühelos von Dach zu Dach über die ganze Stadt wandern. An manchen Stellen wurde sie von großen Kuppeln und schlanken weißen Türmen überragt, die von der Abendsonne rot gefärbt waren.

»Ist das die Hauptstadt?«, fragte Lippel aufgeregt. »Sie ist schön.«

»Siehst du das Stadttor dort? Durch das hat man uns hinausgeführt«, sagte Hamide. »Die goldene Kuppel oben auf dem Hügel gehört zum Palast. Dort wohne ich.« Sie verbesserte traurig: »Dort habe ich gewohnt!«

Asslam sprang vom Pferd, so stiegen auch Lippel und Hamide ab. Die Pferde begannen zu weiden, sie machten sich über die Grasbüschel zwischen den Steinen her.

Asslam schaute sich suchend um. Schließlich fand er eine sandige Stelle zwischen den Felsen und winkte die beiden anderen zu sich. Mit dem Finger schrieb er in den Sand:

»PFERDE ZURÜCKLASSEN! MAN ERKENNT UNS SONST.«

»Zu Fuß in die Stadt gehen?«, sagte Lippel unglücklich. »Das ist aber ganz schön weit.« Die Füße taten ihm noch weh von dem heißen Sand.

Asslam nickte und wischte die beiden ersten Wörter wieder aus, um Platz zu schaffen für die nächste Botschaft:
»MACHT ES WIE ICH! MAN ERKENNT UNS SONST«, war nun zu lesen. Lippel und Hamide schauten ihn fragend an.
Asslam zog sein weißes Hemd aus, rieb es über einen rauen Felsen, bis es ganz verschlissen aussah, und riss dann noch einige Nähte auf. Darauf holte er feuchte Erde aus einem halb vertrockneten Wasserloch und schmierte es damit ein, bis es ganz schmutzig und unansehnlich war. Ja, er strich sich den Schmutz auch noch in die Haare und ins Gesicht.
»Sollen wir das wirklich auch tun?«, fragte Lippel unschlüssig.
Hamide machte es wie ihr Bruder. »Verstehst du nicht?«, fragte sie und fuhr sich mit schmutzigen Händen über Gesicht und Hals. »Wir sehen viel zu vornehm aus. Vornehme Kinder starrt man an. Über schmutzige Kinder schaut man hinweg. Du wirst auffallen in deinem seltsamen Gewand!«
Asslam nickte grinsend, fasste mit seinen schmutzigen Händen nach Lippels Schlafanzug und begann, den Ärmel abzureißen.
»Was wird Frau Jakob dazu sagen? Sie schimpft bestimmt!«, protestierte Lippel und versuchte seinen Arm zurückzuziehen.
»Aber, Philipp!«, sagte Asslam. Oder war es Hamide?
»Lass mich!«, rief Lippel.

»Aber, Philipp! Ich muss dich doch wecken. Du kommst sonst zu spät zur Schule!«
Frau Jakob rüttelte an Lippels Arm.
»Philipp, jetzt musst du aber endlich aufwachen!«
»Ach, Sie sind es!«, sagte Lippel schlaftrunken und setzte sich in seinem Bett auf. »Sie wollen meinen Arm abreißen.«
Frau Jakob lachte.
»Niemand will deinen Arm abreißen. Ich will dich wecken! Bist du nun endlich wach? Steh jetzt auf, und geh ins Bad! Ich mache inzwischen das Frühstück, hörst du?«
»Ja, ja«, sagte Lippel und stieg aus dem Bett.
Noch ein bisschen schlaftrunken wankte er ins Bad und duschte sich. Davon wurde er endlich wach.
Dann zog er sich schnell an und ging hinunter in die Küche.

Mittwoch

Muck

Diesmal hatte Frau Jakob an den Sammelpunkt gedacht.
Als Lippel zum Frühstück kam, lag der Deckel von Frau Jakobs Joghurt sauber gewaschen neben Lippels Frühstücksteller. »Danke für den Punkt!«, sagte Lippel und setzte sich an seinen Platz. (Den Deckel schob er in seine Hosentasche.)
»Isst du heute Morgen wieder nur Joghurt?«, fragte Frau Jakob. »Ja«, antwortete er. »Genau wie Sie!«
»Aber dein Pausenbrot wirst du heute essen!«, sagte Frau Jakob. »Vergiss nicht, es aus dem Kühlschrank zu nehmen!«
»Ja, ja«, sagte Lippel. »Wissen Sie, wovon ich heute Nacht geträumt habe?«, fragte er dann.
»Wie soll ich das wissen?!«
»Von einem Hund«, erzählte Lippel. »Von einem treuen braunen Hund!«
»Gut, dass es nur ein Traum war!«, sagte Frau Jakob.
»Wieso?«, fragte Lippel erstaunt.
»Hunde können die schlimmsten Krankheiten übertragen«, erklärte sie ihm eifrig. »Tollwut zum Beispiel. Außerdem haben sie oft Flöhe!«

»Das haben sie nie!«, sagte Lippel. »Außerdem sind das dann Hundeflöhe, keine Menschenflöhe.«
»Siehst du: Hundeflöhe! Da haben wir es. Eklig! Aber wir brauchen uns gar nicht darüber zu streiten. Träume sind Schäume!«
Und weil Lippel auch keine Lust hatte, sich mit ihr über geträumte Hunde zu streiten, aß er seinen Joghurt, holte dann das Pausenbrot vom Vortag aus dem Kühlschrank und machte sich auf den Schulweg.
Gerade als er aus der Friedrich-Rückert-Straße in die Herderstraße einbiegen wollte, blieb er wie angewurzelt stehen und starrte zur anderen Straßenseite: Drüben, vor einem Gartenzaun, saß Muck, der Hund aus seinem Traum!
Lippel überquerte die Straße.
Der Hund stand auf, als Lippel sich ihm näherte, wedelte mit dem Schwanz und kam ihm entgegengelaufen. Er beschnupperte Lippels Hand und schaute erwartungsvoll zu ihm auf.
Kein Zweifel, es war Muck! Er hatte die gleichen hellen Augen und den dunklen Fleck auf der Brust. Oder war es der herrenlose Hund, den Frau Jeschke gestern gefüttert hatte? Der hatte ja auch so einen dunklen Fleck auf der Brust gehabt! »Hallo, Muck!«, sagte Lippel.
Der Hund wedelte heftig mit dem Schwanz.
»Ich nenne dich einfach Muck, ganz egal, welcher Hund du nun bist«, sagte Lippel. »Komm, Muck, komm mit!«
Der Hund ging brav hinter ihm her.

»Sitz, Muck! Sitz!« Und wirklich: Der Hund setzte sich und schaute ihn aufmerksam an.
Lippel stellte seine Büchertasche ab und öffnete sie.
Der Hund steckte neugierig seine Schnauze zwischen Lippels Schulbücher.
»Geh weg da!«, sagte Lippel lachend und schob Mucks Kopf zur Seite. »Du weißt wohl, was ich dir geben will?«
Er holte das Pausenbrot aus der Seitentasche des Ranzens, wickelte es aus der Serviette, brach ein kleines Stückchen ab und hielt es Muck hin. Der fraß es behutsam aus Lippels Hand.
»Es ist ein bisschen kalt vom Kühlschrank«, entschuldigte sich Lippel. Aber Muck winselte und zeigte an, dass er noch eine ganze Menge solcher kalter Brotstückchen erwartete.
So verfütterte Lippel Stückchen um Stückchen sein Pausenbrot an Muck. Danach spielte er noch ein bisschen mit ihm, befahl »Sitz!« und »Komm!« – bis er sich schließlich mit einem jähen Schreck daran erinnerte, dass er ja eigentlich auf dem Weg zur Schule war und schon längst dort sein sollte.
Er setzte sich in Trab und rannte den Rest des Weges.
Muck hielt dies für ein schönes neues Spiel, lief mal voraus, mal hinterher und versuchte nach Lippels Schulranzen zu schnappen. Aber nicht böse, nur spielerisch.
Schließlich kam Lippel schwer atmend bei der Schule an. Der Unterricht hatte bereits angefangen. Kein anderer Schüler war zu sehen, alle saßen schon in ihren

Klassenzimmern! Es war gar nicht einfach, dem Hund beizubringen, dass er nicht mit in die Schule gehen konnte. Er wollte sich mit Lippel zusammen durch die Schultür zwängen. Lippel redete ihm gut zu, streichelte ihn noch einmal, schob ihn mit aller Kraft von der Tür weg und schloss sie schnell hinter sich. Er war drinnen, und Muck war draußen, das war gut! Weniger gut war, dass die große Uhr im Flur schon auf acht Uhr elf stand. Und der Unterricht fing um acht Uhr an!
Bedrückt schlich er den Flur entlang.
Aber da fiel ihm ein, dass ja heute Mittwoch war. Gleich fühlte er sich wieder besser und lief zum Klassenzimmer. In den ersten beiden Stunden hatten sie nämlich

Zeichnen bei Herrn Göltenpott. (Eigentlich hieß es ja »Kunsterziehung«, aber selbst Frau Klobe sagte immer »Zeichenunterricht«.) Und wenn man bei Herrn Göltenpott zu spät kam, war das lange nicht so schlimm wie bei Frau Klobe, die meistens eine Entschuldigung haben wollte.

Eine Zeichenstunde

Herr Göltenpott steckte noch hinter seiner Zeitung. Für ihn hatte die Stunde noch nicht angefangen, denn Elvira teilte noch die Zeichenblöcke aus. So versuchte Lippel sich einfach an Herrn Göltenpott vorbei zu seinem Platz zu schleichen.

Herr Göltenpott hätte auch nichts gemerkt, wenn Elvira nicht mit dem Austeilen aufgehört und gerufen hätte: »Herr Göltenpott, der Pilipp kommt zu spät!«

Herr Göltenpott ließ die Zeitung sinken, nahm seinen Kaugummi aus dem Mund, wickelte ihn ins Silberpapier und fragte: »Wie? Was? Wie bitte? Was ist los?«

»Der Pilipp kommt zu spät«, wiederholte Elvira.

Herr Göltenpott guckte ins Klassenzimmer. Lippel saß inzwischen längst an seinem Platz, deshalb fragte Herr Göltenpott verwundert: »Wer kommt zu spät?«

»Der Pilipp!«, sagte Elvira. (Nun schon zum dritten Mal.)

»Elvira, Mädchen!«, sagte Herr Göltenpott nachsichtig

und faltete seine Zeitung zusammen. »Erstens heißt er nicht Pilipp, sondern Philipp. Und zweitens sitzt er dort an seinem Platz, wenn ich mich nicht irre. Kann denn jemand zu spät kommen, der bereits an seinem Platz sitzt? Na also!«

Nachdem damit der Fall für ihn geklärt war, schaute er unschlüssig auf seine Zeitung und überlegte wohl, ob er sie wieder auseinanderfalten und noch ein wenig weiterlesen solle. Er kam zu dem Entschluss, dass es sich nicht mehr lohnte.

So stand er auf, stellte sich vor das Lehrerpult und sagte: »Achtung, wir beginnen mit dem Unterricht!«

Alle hörten auf, sich zu unterhalten, und schauten Herrn Göltenpott erwartungsvoll an.

»Gut aufpassen, es wird nur ein Mal erklärt!«, kündigte Herr Göltenpott an.

»Erstens: Die Vorzeichnung. Sie wird mit dem Bleistift ausgeführt. Das ist wichtig. Hört ihr: mit dem Bleistift!

Nicht erlaubt sind Kugelschreiber und alle Stifte, die mit ›F‹ beginnen, also Filzstifte, Füller, Federhalter und Faserstifte!

Zweitens: Das Malen. Es erfolgt mit Wasserfarben. Das ist wichtig. Nicht erlaubt sind Wachskreiden, Tafelkreiden, Farbstifte und Filzstifte.

Drittens: Das Mischen der Farben. Ihr mischt im Deckel von eurem Malkasten. Wehe, jemand mischt direkt im Farbnäpfchen!

Viertens: Das Format. Ihr malt auf große Blätter.

Auf Blätter, wohlgemerkt! Nicht erlaubt sind Bilder auf kariertem oder liniertem Papier, auf Heftseiten, auf Schmier- und Notizzetteln und was ihr sonst noch alles mit euch herumzutragen pflegt.
Gibt es noch Fragen?«
Lippel meldete sich: »Darf man auf Karton malen?«
»Eine wichtige Frage!«, lobte Herr Göltenpott. »Aber wo willst du denn so schnell einen Karton herbekommen?«
»Die Rückseite vom Zeichenblock!«, antwortete Lippel.
»Äußerst klug! Nein, Karton ist auch nicht erlaubt«, sagte Herr Göltenpott. »Sonst noch Fragen?«
Barbara meldete sich und fragte: »Was sollen wir denn eigentlich malen??«
»Ach, habe ich das vergessen zu erwähnen?«, sagte Herr Göltenpott. »In meinem Alter kann das vorkommen. Jeder malt sein Lieblingstier. Ihr überlegt, welches Tier euch am besten gefällt, und malt es dann. So, nun fangt an!«
Arslan malte einen Löwen.
Hamide malte einen Vogel. Es sollte wohl ein Kanarienvogel sein, jedenfalls saß er in einem Käfig.
Lippel entschied sich für einen Hund. Er hatte nichts gegen Malen, aber Dichten machte ihm doch mehr Spaß. Deshalb beschloss er, beides miteinander zu verbinden.
In die obere Hälfte des Blattes malte er den Hund. Nicht gerade sehr groß. Aber man konnte ihn mit dem bloßen Auge noch gut erkennen.

Darunter schrieb er ein Gedicht über den Hund. Es lautete:

DER HUND
Der Hund, der ist mein Lieblingstier.
Er hat auch Beine, und zwar vier.
An jeder Ecke eines.
Der Fisch dagegen hat keines.

Lippel fand das Gedicht recht gelungen. Herr Göltenpott war anderer Ansicht. Er betrachtete lange und nachdenklich das Blatt und meinte schließlich: »Erstens: Der Hund ist zu klein. Er könnte wesentlich größer sein. Zweitens: Ich bin kein Deutschlehrer. Aber die letzten beiden Zeilen scheinen mir missraten zu sein.«

»Wieso?«, fragte Lippel. »Es reimt sich doch.«
Herr Göltenpott kratzte sich mit dem Daumennagel am Kinn (das tat er immer, wenn er überlegte) und sagte: »Erstens ist es verfehlt, bei einem Hund von Ecken zu sprechen. Ein Hund ist nämlich abgerundet. Und zweitens: Was soll ein Fisch in einem Gedicht, das ›Der Hund‹ heißt?!«
Lippel musste ihm recht geben.
Er strich das Gedicht durch und schrieb darunter ein neues:

DER HUND
Der Hund, der ist mein Lieblingstier,
er hat auch Beine, und zwar vier.
Ruft man den Hund zu sich,
dann kommt er hoffentlich.

Gegen dieses Gedicht hatte auch Herr Göltenpott nichts mehr einzuwenden. Und Lippel ging höchst zufrieden mit den anderen in die Pause.
Nach der Pause schrieben sie ein Diktat bei Frau Klobe, dann hatten sie Mathe und in der letzten Stunde Musik.

Ein kurzer Nachmittag

Lippel ging zusammen mit Arslan und Hamide aus der Schule. Er war gespannt, ob Muck draußen auf ihn warten würde. Aber der Hund war nicht zu sehen.

Lippel rief immer wieder: »Muck, Muck!«, während sie die Herderstraße entlanggingen. Dabei schaute er sich suchend um.
»Wen rufst du?«, fragte Hamide schließlich.
»Du hörst es doch!«, antwortete Lippel.
»Ja, aber wer ist dieser Muck?«, fragte sie. »Ist das einer aus unserer Klasse?«
»Na, hör mal!«, sagte Lippel entrüstet. »Du wirst doch Muck noch kennen. – Das ist ein Hund.«
»Soll ich das wissen?«, fragte Hamide. »Du hast mir noch nie erzählt, dass du einen Hund hast.«
»Ich habe ja auch keinen«, sagte Lippel.
»Du hast keinen? Warum rufst du ihn dann?«, fragte Hamide.
Arslan lachte.
»Ich rufe, weil ...«, fing Lippel an.
»Weil?«, fragte Hamide.
Lippel hatte keine Lust, lange Erklärungen abzugeben.
»Weil ich nach Hause muss. Auf Wiedersehen, bis morgen!« Damit brach er das Gespräch einfach ab.
Inzwischen waren sie auch bei der Friedrich-Rückert-Straße angelangt. Lippel bog nach rechts ab, die beiden gingen geradeaus weiter.
»Bis morgen!«, rief ihm Hamide nach, und Arslan winkte lachend.

Gerade als Lippel zu Hause ankam und dabei war, die Haustür aufzuschließen, sah er Muck wieder: Er saß drüben vor Frau Jeschkes Haus und nagte an einem

Knochen. Frau Jeschke guckte aus dem Küchenfenster und sah ihm wohlwollend dabei zu.
Lippel lief über die Straße.
»Hallo, Frau Jeschke! Da ist er ja! Ich habe ihn schon überall gesucht«, rief er.
»Hallo, Lippel«, sagte Frau Jeschke. »Ich habe ihm wieder etwas zu fressen gegeben. Ich möchte wirklich wissen, wem er gehört. Vielleicht findet er nicht mehr nach Hause, und sein Besitzer sucht längst nach ihm.«
»Ich weiß, wie er heißt«, sagte Lippel. »Er heißt Muck.«
»Woher weißt du das?«
»Ich habe es geträumt!«
»Geträumt? Na, hoffentlich hat der Hund auch geträumt, dass er Muck heißt, sonst weiß er es gar nicht!«, sagte Frau Jeschke lachend. »Hat es übrigens mit deinem Fortsetzungstraum geklappt? Hast du deine Geschichte zu Ende geträumt?«
»Ja. Das heißt, nein! Ich hatte einen Fortsetzungstraum. Aber die Geschichte ist immer noch nicht zu

Ende. Heute muss ich noch früher ins Bett als gestern, sonst träume ich wieder nicht fertig.«

»Dann wirst du mich wohl heute Nachmittag nicht besuchen«, sagte Frau Jeschke bedauernd. »Na ja, träumen ist auch wichtig, das sehe ich ein. Dann also bis morgen!«

»Auf Wiedersehn!«, rief Lippel und rannte über die Straße zurück.

Frau Jakob schimpfte ein wenig, weil er so spät kam und weil das Essen schon fast kalt geworden war. Aber da er nicht darauf einging, hörte sie bald auf. So aßen sie schweigend. Nach dem Essen half Lippel beim Abwasch, dann erledigte er – wie jeden Nachmittag jetzt – seine Hausaufgaben.

Danach machte er mal wieder einen Versuch und fragte nach seinem Buch. Und als Frau Jakob mal wieder ant-

wortete: »Nein, das Buch bekommst du nicht!«, war auch dieser Punkt erledigt, und Lippel beschloss, gleich ins Bett zu gehen.
»Gibt es noch irgendetwas zu tun?«, fragte er.
»Nein. Was soll die Frage?«
»Weil ich jetzt ins Bett gehen möchte.«
»Ins Bett? Bist du etwa krank?«
»Nein, nein. Ich will schlafen.«
»Schlafen? Jetzt?! Es ist doch viel zu früh zum Schlafengehen.
Da steckt doch was dahinter! Du willst doch nicht wirklich schlafen!«
»Doch, doch! Warum darf man eigentlich nicht schlafen, wenn man müde ist?«, fragte Lippel.
»Das ist doch nicht normal. Es ist ja noch hell draußen!«
»Es wird aber bald dunkel«, sagte Lippel.
Weil ihn Frau Jakob nur verblüfft anstarrte und ungläubig den Kopf schüttelte, versicherte er ihr noch einmal: »Es wird wirklich gleich dunkel!«
Und weil auch das nicht zu wirken schien, setzte er noch hinzu: »Bei meinen Eltern darf ich immer ins Bett gehen, wenn ich müde bin!«
»Willst du damit andeuten, ich ließe dich nicht ins Bett?!«, fragte sie. »Geh doch, wenn du unbedingt willst!«
Lippel sagte fröhlich »Gute Nacht« und ging in sein Zimmer. Ehe er sich hinlegte, fiel ihm noch etwas ein. Asslam und die Prinzessin hatten sein »seltsames Ge-

wand« nicht ganz passend gefunden. Er konnte sich auch gut vorstellen, dass man auffiel, wenn man im Schlafanzug durch eine orientalische Stadt spazierte. Selbst wenn man ihn vorher unansehnlich machte, indem man einen Ärmel abriss oder ihn schmutzig machte.
Aber hatte er nicht ein Gewand, mit dem er bestimmt nicht auffallen würde?! Ein weißes morgenländisches Kostüm mit Turban, wie es alle Männer in der Hauptstadt trugen? Richtig, er hatte sich ja im März beim Fasching als Hadschi Halef Omar verkleidet! (Das war eine Figur aus einer morgenländischen Geschichte, die er gelesen hatte.) Und dieses Kostüm musste irgendwo in seinem Schrank liegen.
Lippel durchsuchte seinen Kleiderschrank, fand das Kostüm und nach einigem Wühlen auch den Turban. Beides sah zerknittert und ein wenig schmutzig aus, denn er hatte das Faschingskostüm nach dem Tragen einfach unten in seinen Schrank geworfen. Aber das war gerade richtig.
Schnell zog er den Schlafanzug aus und schlüpfte in seine morgenländischen Kleider. Das Übergewand war sonderbar schwer. Als Lippel wieder im Bett lag und sich auf die Seite legen wollte, merkte er, weshalb es so schwer war: In der Tasche steckte seine Stabtaschenlampe, die er schon seit einem Vierteljahr suchte.
Am Fastnachtsdienstag hatte er abends noch einmal Frau Jeschke besuchen dürfen, und er hatte damals die Taschenlampe mitgenommen für den Heimweg. Jetzt war sie immer noch im Kostüm.

Eigentlich praktisch, dachte Lippel. Wenn ich nachts mal aufwachen sollte, habe ich eine Taschenlampe bei mir und kann Licht machen!
Er drehte sich auf den Rücken, zog die Decke übers Gesicht, damit es noch dunkler wurde, schlief wirklich ein und fing gleich an zu träumen.

Der dritte Traum

Es dämmerte schon, als Lippel, Hamide und Asslam mit Muck beim Stadttor anlangten. Mit ihnen zusammen drängten viele Leute in die Hauptstadt, denn es war Abend, und beim Einbruch der Nacht wurden die Tore geschlossen. Wer nicht rechtzeitig in die Stadt kam, musste draußen auf freiem Feld übernachten. Lippel nahm seinen Turban vom Kopf, riss einen langen, schmalen Stoffstreifen ab und band ihn Muck als Halsband und Leine um. Er hatte Angst, dass sie den Hund im Gedränge verlieren könnten.

Die drei Kinder gingen durch das Tor, vorbei am Torwächter, geborgen in der Menge der wandernden Handwerker, der Händler und Bettler. Mit ihnen kamen Hirten, die ihre Ziegenherden vor sich hertrieben, Bauern auf Eseln, Kaufleute auf Kamelen und viele Kinder, die von der Arbeit auf den Feldern zurückkehrten.

»Gut, dass wir unsre beiden Pferde bei den Felsen gelassen haben«, sagte Lippel halblaut zu Asslam und Hamide. »Kinder auf Pferden wären hier aufgefallen.«

Asslam nickte.

»Und gut, dass du dich umgezogen hast«, fügte Hamide hinzu. »In deinem seltsamen Gewand wärst du bestimmt auch aufgefallen. – Wir müssen uns beeilen. Es wird bald dunkel.«

»Es wird wirklich gleich dunkel«, sagte Lippel. »Wo schlafen wir nur?«

»Wir müssen eine Herberge finden«, sagte Hamide.

Und die drei durchstreiften mit ihrem Hund die engen, krummen Gassen auf der Suche nach einer Unterkunft.

Jetzt, da die Hitze des Tages langsam abgeklungen war und der Abend kühle Luft durch die Gassen streichen ließ, kamen die Menschen aus ihren Häusern.

Kupferschmiede saßen auf Hockern vor ihrer Werkstatt und formten große Wasserkessel aus Kupferblech, Sandalenmacher flochten Lederbänder zu Schuhriemen, ein Schneider nähte an einem gestreiften Kaftan, Schreiner hobelten draußen ihre Bretter, man sah Korbflechter, Holzschnitzer, Teppichknüpfer und sogar einen Glasbläser bei der Arbeit. Vor den Läden standen die Händler und priesen laut ihre Waren an.

Nach einer Weile fanden die drei, was sie suchten. Auf einem Schild stand:

»Herberge zum Wilden Kalifen.
Hier übernachtet man gut und billig.«

Sie gingen durch die äußere Tür und standen gleich darauf in einem Innenhof mit vielen Türen ringsum.

Ein alter Mann saß auf dem Boden, an eine Säule gelehnt, kaute an einem Dattelkern und las in einem Buch.

Die Kinder standen eine ganze Weile vor ihm, ohne dass er sie bemerkt hätte.
Sie räusperten sich, scharrten ein bisschen mit den Füßen, um auf sich aufmerksam zu machen, klopften Muck auf den Rücken und gingen vor dem Mann hin und her. Aber der las unbeirrt weiter.
Schließlich sagte Hamide laut: »Allah sei mit Euch, verehrungswürdiger Mann. Verzeiht, dass ich so einfach das Wort an Euch richte. Es ist aber unser Wunsch, hier in Eurer Herberge zu übernachten.«
Der Mann legte sein Buch zur Seite, nahm den Dattelkern aus dem Mund, wickelte ihn in ein Feigenblatt und steckte ihn in eine Tasche seines Kaftans.
Dann betrachtete er prüfend die drei Kinder und den Hund und sagte: »Erstens stört man nicht beim Lesen. Das ist unhöflich. Zweitens stört man alte Männer erst recht nicht beim Lesen. Das ist noch unhöflicher. Und drittens stört man alte Männer schon gar nicht, wenn sie im Koran lesen. Das ist ganz unhöflich. Wo sind denn eure Eltern? Oder wollt ihr etwa alleine hier übernachten?«
»Ja, so ist es. Allah vergebe, dass wir Euch gestört haben«, sagte Hamide.
Der Mann betrachtete die drei noch aufmerksamer und fragte: »Warum redet immer nur das Mädchen?«
»Asslam hier ist stumm«, sagte Lippel schnell. »Er kann nicht reden.«
»Und du? Bist du auch stumm? Warum redest *du* nicht?«, fragte der Mann nach.

»Ich habe doch geredet«, sagte Lippel.
»Wann?«
»Na, eben habe ich doch gesagt, dass Asslam stumm ist!«
Der Mann dachte eine Weile nach und kratzte sich dabei mit dem Daumennagel am Kinn. »Ja, das stimmt«, sagte er schließlich. »Wo, habt ihr gesagt, sind eure Eltern?«
»Wir haben es überhaupt nicht gesagt, Verehrungswürdiger«, antwortete Hamide.
»Erstens habe ich dich gar nicht gefragt, sondern jenen Jungen. Und zweitens möchte ich trotzdem gerne wissen, wo eure Eltern sind.«
»Sie – sie sind ...«, fing Hamide an und stockte.
»Sie sind in Wien«, sagte Lippel hastig.
»Wien? Was ist Wien?«, fragte der alte Mann erstaunt.
»Das ist eine Stadt im fernen Frankistan«, erklärte ihm Lippel.
»Frankistan? Gebe Allah, dass ihre Karawane heil von dort zurückkommt!«, rief der Alte.
»So sei es«, sagte Lippel und nickte.
»Arme Kinder! Ganz ohne Eltern!«, sagte da eine weibliche Stimme hinter ihnen.
Die Kinder wandten sich um.
Eine rundliche Frau mit großen Silberohrringen kam aus einer der Türen. Sie war in weite orientalische Gewänder gehüllt und trug bestimmt fünf Unterröcke und Röcke übereinander, was sie nicht gerade schlank aussehen ließ. In der Hand hielt sie einen hohen Tonkrug.

»Ich habe alles gehört«, sagte sie freundlich. »Verzeiht meinem Mann, er ist manchmal ein bisschen streng. Esst erst einmal von meinem eingelegten Obst, dann wird man weitersehn!«
Sie fasste ohne weitere Umstände mit ihren dicken Fingern in den Krug, holte in Honig eingelegte Feigen und Rosinen heraus und drückte jedem Kind einige davon in die Hand.
»Schmeckt sehr gut! Danke!«, sagte Lippel, nachdem er eine Honigrosine in den Mund gesteckt hatte.
Der alte Mann blickte seine Frau vorwurfsvoll an und sagte zu ihr: »Erstens: Wieso mischst du dich einfach in mein Gespräch ein? Das ist unhöflich. Zweitens: Woher weißt du überhaupt, dass sie die Übernachtung zahlen können?«
»Ach, du mit deinem ›erstens, zweitens, drittens‹!«, sagte die Frau lachend und leckte sich den Honig von den Fingern. »Erstens mische ich mich ins Gespräch ein, weil ich zufällig alles gehört habe. Zweitens würden diese Kinder nicht in eine Herberge gehen, wenn sie kein Geld zum Übernachten hätten. Und drittens sehe ich, dass das Mädchen einen Armreif aus Gold mit einem roten Stein trägt, der so viel wert ist, dass der Schneider Labakan mit all seiner Verwandtschaft dafür ein ganzes Jahr hier übernachten könnte. Und jeder weiß, dass Labakan die meisten Verwandten von allen hier im Viertel hat!«
Erschrocken schob Hamide ihren Armreif unter den Ärmel ihrer Bluse zurück.

Die Frau lachte. »Jetzt kannst du ihn nicht mehr verbergen! Doch keine Angst, ich werde dich schon nicht bestehlen!«
Verlegen sagte Hamide: »Es ist leider nicht so, wie Ihr denkt, verehrungswürdige Frau. Wir haben nämlich wirklich kein Geld.«
»Da hörst du es!«, rief der Mann triumphierend. »Kein Geld! Nicht einen Dinar! Es ist genauso, wie ich dachte.«
»Aber morgen oder übermorgen können wir Euch gewiss bezahlen. Sogar reichlich. Mehr, als Ihr verlangt«, sagte Hamide beschwörend.
»Ohne Geld keine Übernachtung!«, sagte der Mann. »Wer bürgt mir dafür, dass ihr euer Versprechen haltet? Vielleicht kommt die Karawane eurer Eltern nicht zurück. Es gibt Räuber und wilde Tiere unterwegs!«
»Wie kannst du nur so etwas sagen! Willst du ihnen Angst machen?«, sagte die Frau unwillig zu ihrem Mann. Dann wandte sie sich an die Kinder: »Ihr müsst uns verstehn. Wir leben von unsrer Herberge. Wir können euch nicht umsonst übernachten lassen.«
»Wir werden Euch das Geld bringen. Ganz bestimmt«, versprach Hamide.
»Ich weiß einen Ausweg«, sagte die dicke Frau. »Du gibst mir deinen Armreif als Pfand. Ich werde ihn behalten, bis eure Rechnung bezahlt ist. Dann bekommst du ihn zurück.«
»Nein, das – es geht nicht«, sagte Hamide. »Den Armreif kann ich nicht hergeben.«

»Dann kann ich dich auch nicht beherbergen. Tut uns leid, liebe Kinder«, sagte die Frau. »Ich verschenke gerne ein paar Früchte, aber keine Übernachtung.«
»Dann müssen wir wohl gehen«, sagte Hamide traurig.
Und die Kinder gingen langsam hinaus auf die Gasse. Sogar Muck ließ den Kopf hängen, als hätte er verstanden, dass man sie abgewiesen hatte.
»Warum hast du ihr denn nicht den Armreif als Pfand gelassen?«, fragte Lippel, als sie draußen in der Dämmerung standen. »Du hättest ihn bestimmt wiederbekommen. Wenn Asslam wieder reden darf und euer Vater die Wahrheit erfährt, schenkt er euch das Geld für die Übernachtung.«
»Ich kann den Armreif nicht hergeben. Auf der Innenseite ist mein Name eingraviert und das königliche Wappen. Wenn die Frau das gesehen hätte, hätte sie gewusst, dass ich eine Prinzessin bin«, sagte Hamide. »Gibt es denn keine Möglichkeit, wie wir Geld verdienen könnten?«
»Wie denn?«, sagte Lippel. »Du kannst doch nichts, du bist doch eine Prinzessin. Und Asslam darf nicht einmal reden.«
»Warum sagst du so etwas?«, fragte Hamide gekränkt. »Warum soll ich nichts können?«
»Na ja, Prinzessinnen müssen doch nie arbeiten. Und Geld kann man nur durch Arbeit verdienen.«
»Ich kann zum Beispiel singen. Und ich kann Musik machen«, sagte Hamide. »Und Asslam kann viel, viel

mehr als du. Schließlich hat er Sindbad als Lehrer gehabt.«
»Das nützt auch nichts, weil er nicht reden kann«, murmelte Lippel unwirsch vor sich hin.
»Das mit dem Singen und der Musik ist gar keine so schlechte Idee!«, sagte Hamide. »Wir könnten auf dem Markt auftreten, vor dem Basar. Da sind oft Musiker, Schauspieler und Märchenerzähler. Das ist es! Wir machen Musik, und Muck führt dazu Kunststücke vor. Muck kann viel, er kann sogar auf zwei Beinen gehn. Nicht wahr, Asslam?«
Asslam nickte. Man sah ihm an, dass ihm der Gedanke gefiel.
»Aber wir können doch nicht jetzt auf dem Markt auftreten. Es ist doch schon dunkel«, wandte Lippel ein.
»Man merkt, dass du den Markt nicht kennst!«, sagte Hamide lachend.
»Tagsüber ist er fast leer, denn dann ist es viel zu heiß. Aber jetzt, am Abend, sind Hunderte von Menschen da, kaufen und verkaufen, arbeiten oder gehen spazieren.
Du hast sie doch alle auf den Gassen sitzen sehen. Am Abend bleibt keiner zu Hause. Wir werden Musik machen! Asslam kann sehr gut auf der Handtrommel spielen. Wir müssen etwas suchen, ein Gefäß oder etwas Ähnliches, das er als Trommel nehmen kann. Ich spiele Flöte. Wenn wir irgendwo ein Rohr finden, kann mir Asslam ganz schnell eine Flöte daraus machen. Und du? Was kannst du am besten?«

»Ich kann leider kein Instrument spielen«, sagte Lippel verlegen. »Ich habe eine Vier in Musik.«
»Dann kannst du wohl auch nicht singen?«, fragte Hamide.
Lippel schüttelte beschämt den Kopf.
»Ist nicht schlimm!«, tröstete ihn Hamide. »Du gehst dann eben mit dem Turban herum und sammelst das Geld ein. Oder kannst du gut turnen? Handstand oder Salto rückwärts? Das sehen die Leute auch recht gern!«
»Im Turnen habe ich auch eine Vier«, sagte Lippel bedauernd. »Aber nur im Sommer. Im Winter habe ich eine Drei, da gehen wir nämlich ins Hallenbad. Im Schwimmen bin ich gut!«
Hamide lachte. »Auf dem Markt kannst du ja schlecht Schwimmkunststücke vorführen!«
»Aber in Deutsch habe ich eine Eins«, betonte Lippel. »Ich kann ziemlich gut dichten.«
»Na ja, es wird schon am besten sein, wenn du das Geld einsammelst«, sagte Hamide. »Das muss ja auch jemand tun. Jetzt lasst uns nach einer Trommel für Asslam suchen!«
Die schmale Gasse, durch die sie gingen, mündete in eine breite Straße.
»Das ist unsere Hauptstraße«, erklärte Hamide. »Links führt sie hinauf zum Palast, rechts zum Basar. Komm, wir gehen nach rechts!«
Von rechts kamen einige Reiter. Sie mussten sich erst einen Weg zwischen den Spaziergängern hindurch bahnen, so belebt war die Straße jetzt am Abend.

Asslam blieb plötzlich stehen und hielt Lippel und Hamide am Arm zurück.
»Was ist?«, fragte Hamide.
»Was willst du?«, fragte Lippel.
Asslam schüttelte unwillig den Kopf, legte den Zeigefinger an die Lippen, um ihnen zu zeigen, dass sie still sein sollten, und starrte angestrengt auf die Reiter.
Dann nickte er, als hätte sich seine Vermutung bestätigt, und zog Lippel und Hamide schnell in den dunklen Schatten eines Torbogens. Muck jaulte auf, weil er so plötzlich zurückgerissen wurde.
Die Reiter ritten vorüber.
Es waren drei Männer in dunklen Mänteln. Sie führten zwei reiterlose Pferde am Zügel.
»Platz da! Macht Platz!«, rief einer der Reiter, der ihr Anführer zu sein schien, und drängte sein Pferd durch die Menge.
Lippel erstarrte, als er die Stimme hörte, und wagte kaum zu atmen. Asslam beugte sich zu Muck und hielt ihm die Schnauze zu, damit er nicht bellte.
Dann waren die Reiter endlich vorbeigeritten.
»Das sind unsere Wächter!«, flüsterte Lippel.
Asslam nickte.
»Sie haben ihre Pferde wieder eingefangen und sind zurückgekommen«, sagte Lippel flüsternd. »Das ist schlimm!«
»Dass sie zurück sind, ist nicht das Schlimmste«, flüsterte Hamide. »Hast du die beiden reiterlosen Pferde gesehen? Das ist schlimmer!«

»Warum?«, fragte Lippel.
»Es waren unsere Pferde. Hast du sie nicht erkannt? Sie haben unsere Pferde gefunden. Nun wissen sie, dass wir am Leben sind. Und nicht nur das: Sie ahnen, dass wir hier in der Stadt sind!«
»Wie kommst du darauf?«
»Weil sie unsre Pferde bei den Felsen vor der Stadt gefunden haben! Wenn wir in ein fremdes Land geflohen wären, hätten unsre Pferde nicht vor der Stadt stehen können. Das wissen sie genau.«
»Meinst du, sie suchen uns jetzt?«
»Bestimmt nicht mehr heute Abend. Dazu ist es zu dunkel. Aber morgen am Tag müssen wir sehr vorsichtig sein.
Kommt jetzt mit zum Basar, zum Markt! Zum Glück haben sie uns nicht gesehen.«
Asslam ging mit Muck voraus, Hamide folgte. Gerade als Lippel auch aus dem dunklen Torbogen treten wollte, hörte er, wie sich hinter ihm eine Tür öffnete.
»Asslam!«, rief er.
Aber Asslam ging weiter, ohne sich umzudrehen.
Ein Lichtschein fiel durch den Türspalt, im schmalen Lichtstreifen tauchte ein Kopf auf, ein Frauenkopf.
Lippel wollte wegrennen, aber er konnte seine Beine nicht mehr bewegen.
»Asslam!«, rief er noch einmal.
Die Tür wurde ganz geöffnet, es war mit einem Mal hell um ihn herum.

»Philipp, träumst du?«, fragte eine Frauenstimme von der Tür her.
Lippel blinzelte, das Licht blendete ihn.
Frau Jakob schaute zur Tür herein.
»Ich wollte dich nicht wecken. Entschuldige! Ich wollte nur nachschauen, ob du wirklich schlafen gegangen bist«, flüsterte sie. »Lass dich gar nicht aufwecken, schlaf nur weiter!«
Sie schloss leise die Tür und ließ Lippel allein. »Gemeinheit!«, murmelte Lippel schlaftrunken, räkelte sich und schlief und träumte schnell weiter.

Der Markt war hell beleuchtet.
Vor den Läden steckten brennende Fackeln in eisernen Halterungen, die Handwerker hatten Öllampen über der Tür aufgehängt, und in offenen Öfen verfeuerten Leute getrockneten Kamelmist, um Teewasser zum Kochen zu bringen.
Hamide stellte sich mutig mitten auf den Marktplatz.
Asslam stand neben ihr, einen alten, ausgebeulten Topf als Trommel in der Hand. Vor ihm saß Muck und schaute gespannt zu Asslam auf.
Jetzt schlug Asslam die Trommel, um die Aufmerksamkeit auf sich zu ziehen.
Die Leute kamen neugierig näher.
Hamide holte tief Luft und rief, so laut sie konnte: »Werte Männer, hochwerte Frauen! Weise Wesire und kundige Kaufleute! Treffliche Handwerker! Hochverehrte Einwohner dieser Stadt! Kommt alle her!

Kommt hierher, lasst eure Arbeit ruhn, lasst euren Tee ungetrunken! Schließt eure Läden ab und kommt! Verlasst eure Häuser! Denn hier wird ein einmaliges Schauspiel geboten, wie man es nicht alle Abende sieht. Muck, der Hund, wird unvergleichliche Kunststücke vorführen, mein Bruder und ich werden ihn dabei musikalisch begleiten.

Der junge Mann mit dem Turban dort drüben wird sich anschließend erlauben, euch um eine kleine Gabe zu bitten. Auch große Geldstücke werden gerne angenommen, von Goldstücken ganz zu schweigen!«

Lippel fühlte, wie er rot wurde, und schaute verlegen zu Boden.

»Das klingt ja vielversprechend!«, meinten die Leute.

»Mal sehen, was sie uns bieten!«, sagte ein Mann hinter Lippel.

»Das muss ja wirklich etwas Besonderes sein. Das sehen wir uns an. So was sieht man nicht alle Tage!« So und ähnlich hörte Lippel rings um sich reden. Er wurde ein bisschen mutiger und nahm schon mal auf alle Fälle den Turban ab, um das Geld auffangen zu können, das man ihm gleich zuwerfen würde.

Hamide rief: »So, nun beginnt unser Schauspiel! Wir bitten um eure Aufmerksamkeit für die erste Musiknummer!«

Sie nickte Asslam zu. Der begann auf seine Trommel zu schlagen, Hamide spielte auf ihrer Flöte.

Es klang nicht besonders gut und auch nicht besonders laut. Asslam hatte sich zwar alle Mühe gegeben, aber

aus einem dicken Schilfrohr kann man nun mal keine besonders gute Flöte machen! Die Zuschauer fingen an zu murren.
»Wollt ihr uns zum Narren halten?«, rief ein Mann. »Meine fünfjährige Tochter spielt zehnmal besser!«
»Was soll das? Aufhören! Schluss damit!«, riefen die Leute durcheinander. Einige wanderten sogar ab. Hamide hörte mitten im Lied auf zu spielen. Asslam, der das nicht sofort bemerkte, trommelte noch eine kleine Weile vor sich hin, bevor auch er abbrach.
Immer mehr Leute kehrten zu ihren Läden und Wohnhäusern zurück.
»Geht nicht weg!«, rief Hamide verzweifelt. »Der Höhepunkt kommt erst. Nun folgt die einmalige Hundedressur. Muck zeigt, was er kann.«
Mancher, der schon weggehen wollte, blieb stehen.
»Dann zeigt mal, was der Hund kann!«, rief ein Zuschauer. »Wenn er so schlecht wie eure Musik ist, bekommt ihr keine Goldstücke, sondern etwas ganz anderes!«
Die Leute lachten.
Asslam gab Muck ein Zeichen. Muck stellte sich auf die Hinterbeine. Asslam winkte, und Muck machte ein, zwei unsichere Schritte, dann ließ er sich wieder auf alle viere nieder und schaute Asslam unglücklich an. Er war gewohnt, dass Asslam ihm sagte, was er zu tun hatte. Aber Asslam konnte ja nicht reden. Er konnte nur hoffen, dass Muck verstand, was er ihm durch Zeichensprache befahl.

Asslam winkte wieder. Wieder stellte sich Muck auf die Hinterbeine.
»Wann geht es denn endlich los?«, fragte jemand laut.
»Du siehst doch, dass es bereits losgeht!«, rief Hamide beschwörend. »Schau doch! Schau, was der Hund kann!«
»Aber das sieht man doch alle Tage!«, rief ein Mann. »Letzte Woche war ein Gaukler hier mit zwei Hunden und einer Schlange. Die Hunde haben die Trommel geschlagen, und die Schlange hat getanzt. Lass deinen Hund doch mal die Trommel schlagen!«
»Das kann er, glaube ich, nicht«, sagte Hamide leise.
Asslam schüttelte den Kopf.
»Das ist die Höhe! Diese Kinder wollen uns zum Narren halten! Unverschämtheit! Das lassen wir uns nicht bieten!«
Die Zuschauer schrien empört durcheinander und warfen mit Kamelmist nach Asslam, Hamide und dem Hund. Hamide liefen die Tränen übers Gesicht, sie wusste nicht, was sie tun sollte.
Da hielt es Lippel nicht mehr aus.
Er fasste sich ein Herz, zwängte sich zwischen den schimpfenden Zuschauern durch, bis er neben Hamide stand, nahm Asslam die Trommel aus der Hand, schlug darauf, bis alle erstaunt verstummten, und rief: »Meine Damen und Herren, was Sie gesehen haben, war einzig und allein die Einleitung. Die Einleitung zu Lippels Dicht- und Zauberschau. Gehen Sie nicht weg! Schauen Sie zu! Nun fängt das Schauspiel erst an!«

»Was machst du? Bist du denn wahnsinnig!«, flüsterte ihm Hamide zu. »Du darfst dich nicht über sie lustig machen. Sie werfen sonst mit Steinen, nicht nur mit Kamelmist. Lass uns schnell weggehen!«

Aber Lippel blieb unbeirrt neben Hamide stehen, schlug die Trommel, bis es ganz still war, und rief in die Stille hinein:

»Wer jetzt nicht geht, der ist sehr schlau,
denn nun beginnt die Zauberschau.
Ein jeder Mann, ein jedes Kind,
sieht jetzt die Schau, die nun beginnt.
Nur wer jetzt geht, der sieht sie nicht,
und hört auch nicht, was Lippel spricht,
und sieht auch nicht, was Lippel macht,
hier auf dem Marktplatz, in der Nacht!«

»Nicht schlecht, wie der Junge reimt!«, sagte jemand aus der Menge. »Aber jetzt sollte er endlich anfangen zu zaubern.«

»Will man den Lippel zaubern sehn,
dann darf man nicht nach Hause gehn!«,

fuhr Lippel fort.

»He, Lippel, das haben wir langsam begriffen!«, rief ein Zuschauer. »Es geht doch gar keiner. Zaubere endlich!«

Lippel ließ sich nicht aus der Ruhe bringen:

»Wer jetzt noch geht, der wird's bereun,
wer aber bleibt, der kann sich freun.
Denn nur wer hier bei Lippel bleibt,
der kann auch sehn, was Lippel treibt.

Wer jetzt nicht geht, der sieht genau
die große Lippel-Zauberschau.
Die Zauberschau, die ganz geschwind
hier auf dem Marktplatz nun beginnt!«

Einige der Zuschauer mussten lachen. »Mal sehen, wie lange er uns noch den Anfang seiner Schau ankündigt!«, sagte ein alter Mann. »Jedenfalls reimt er recht gut.«

Die meisten aber murrten und schrien: »Jetzt fang endlich an!«

Lippel fasste in die Tasche seines orientalischen Kostüms und zog seine Taschenlampe heraus. Er schwenkte sie über seinem Kopf hin und her. Dabei rief er:

»Das Ding, mit dem ich hier jetzt wackel,
das ist die Silberzauberfackel!«

Dann zeigte er seine Taschenlampe herum.

Ein Silberschmied, der in der ersten Reihe stand, fragte: »Darf ich die Zauberfackel einmal aus der Nähe betrachten?«

»Bitte!«, sagte Lippel großzügig und gab sie ihm.

Der Silberschmied prüfte sie genau, untersuchte sie von allen Seiten und sagte zu den Umstehenden: »Es ist ein kleines Wunderwerk, kostbar gearbeitet! Aus einem Metall, das ich noch nie gesehen habe. Es glänzt wie Silber, ist aber anders. Und oben ist eine kreisrunde Glasplatte kunstvoll eingearbeitet. Sehr schön! Aber wie will er die Fackel anzünden? Sie ist ganz aus Metall. Und auch Glas brennt nicht, wie man weiß!«

Damit gab er die Taschenlampe an seinen Nachbarn wei-

ter; der betrachtete sie ebenfalls. Und so wanderte die Taschenlampe von einem zum andern und wurde von allen gehörig bestaunt.
Aber alle nickten beifällig, als einer sagte: »So eine Fackel sieht zwar schön aus, aber man kann sie nicht anzünden!«
Als die Taschenlampe wieder bei Lippel angelangt war, hielt er sie in die Höhe und sagte feierlich:

»Noch brennt die Wunderfackel nicht.
Doch wenn der Lippel ›Osram‹ spricht,
erstrahlt ihr helles Zauberlicht!«

»Du Großmaul!«, rief ein dicker Kaufmann. »Ich verkaufe seit zwanzig Jahren Fackeln, ich weiß Bescheid. Glas brennt nicht.«
Lippel nahm die Taschenlampe in die rechte Hand, legte den Daumen an den kleinen Schalter, mit dem man die Lampe an- und ausknipste, machte mit der linken Hand eine große Geste und rief: »Osram!« Gleichzeitig knipste er die Lampe an.
Es war eine erstklassige Stabtaschenlampe mit vier Batterien, und sie strahlte dementsprechend hell!
Ein allgemeiner Aufschrei des Staunens war zu hören.
Lippel richtete den Strahl der Lampe auf den Kaufmann und sagte: »Wer ist hier ein Großmaul?«
Der Kaufmann bedeckte die Augen mit der Hand, so stark wurde er geblendet, und rief: »Verzeih mir, Lippel! Es ist die wunderbarste Fackel! Heller als alle, die ich je verkauft habe!«
»Das will ich meinen!«, sagte Lippel stolz, drehte am

Oberteil der Lampe, sodass ihr Strahl gebündelt wurde, und richtete ihn auf ein entfernt stehendes Haus.

Obwohl das Haus bestimmt mehr als hundert Schritte weit weg war, sah man den hellen Lichtkreis auf der Außenwand hin und her huschen, wenn Lippel die Lampe schwenkte.

Wieder hörte man von allen Seiten Ausrufe des Erstaunens. Lippel richtete den Strahl senkrecht nach oben.

Das Wetter spielte wie üblich verrückt: Den ganzen Tag hatte die Sonne geschienen, nun hingen schwere Regenwolken über der Stadt.

Die Zuschauer folgten mit ihren Blicken dem Strahl der Lampe und schrien auf vor Verblüffung. Man konnte tatsächlich den hellen Lampenschein oben an den Wolken entlangwandern sehen.

»Seine Fackel brennt so hell, dass sie sogar den Himmel beleuchtet! Das muss ja ein ungeheuer heißes Feuer sein! Vorsicht, geht nicht zu nah!« Alle schrien durcheinander. Die Zuschauer, die hinten standen, riefen: »Wir können nichts sehen! Der Zauberer Lippel soll sich etwas höher stellen, wir wollen auch die Wunderfackel sehen!«

Eine große Kiste wurde nach vorne gereicht, Lippel stellte sich darauf und konnte so über die Köpfe der Zuschauer hinwegschauen.

Nachdem er die Lampe ein wenig hin und her geschwenkt hatte, hob er wieder beschwörend die linke Hand, fuhr durch den Lichtstrahl und sagte feierlich: »Mississippi!«

Gleichzeitig knipste er mit dem Daumen die Taschenlampe aus. Von allen Seiten wurde ihm Beifall gespendet. Die Leute riefen »Zugabe, Zugabe!« und klatschten wie verrückt. Asslam und Hamide sprangen vor lauter Begeisterung in die Höhe. Lippel hob die linke Hand, und sofort herrschte aufmerksames Schweigen.
Wieder schwenkte er die Hand über die Lampe, sagte »Osram«, und die Lampe brannte. Hierauf schwenkte er die Hand zurück, sagte »Mississippi!«, und die Lampe verlosch.
»Die Fackel folgt ihm aufs Wort!«, flüsterten die Umstehenden ehrfürchtig. »Er nimmt gar kein Feuer dazu. Sie entzündet sich von selbst, wenn er es befiehlt. Es ist eine Wunderlampe!«
Lippel wartete, bis sich das Flüstern und Reden ein wenig gelegt hatte, dann rief er:
»Dies war der erste Teil meiner Zauberschau. Im zweiten Teil werde ich die brennend heiße Flamme meiner Zauberfackel mit der bloßen Hand berühren, ohne mich zu verbrennen.
Aber bevor ich zum zweiten Teil übergehe, möchte ich meine verehrten Zuschauer bitten, einen kleinen Beitrag zu bezahlen!«
Er nahm seinen Turban vom Kopf, drückte ihn Asslam in die Hand und sagte: »Schnell zu den Leuten, und sammle das Geld ein!«
Laut rief er: »Mein Freund hier wird jetzt bei Ihnen vorbeikommen und um eine kleine Spende bitten. Bedenken Sie: Je mehr Sie spenden, desto wunderbarer

werden meine Zauberkunststücke ausfallen! Die Zauberlampe wird erst wieder angezündet, wenn Sie bezahlt haben.«

Ein besonders mutiger Junge, der auch zugesehen hatte, wollte Lippel überlisten, drängte sich ganz nach vorne und rief laut: »Osram!«

Lippel lachte überlegen und rief:

»Wenn ein andrer ›Osram‹ spricht,
brennt die Wunderlampe nicht.
Sage aber *ich* das Wort,
brennt das Wunderlicht sofort!«

Darauf rief er »Osram!« und schnell darauf »Mississippi!« und knipste die Lampe an und aus.

Diesmal war der Beifall noch größer, und es gab kaum einen auf dem Platz, der nicht wenigstens ein kleines Geldstück in den Turban geworfen hätte.

Lippel stellte sich wieder auf die Kiste und gab ein Zeichen, dass er weitermachen wolle.

Er sagte »Osram!« und knipste die Taschenlampe an. Dann hob er feierlich den Zeigefinger und legte ihn oben auf das Glas der Lampe.

Ein Entsetzensschrei ging durch die Menge.

Lippel ließ den Finger eine Minute auf dem Lampenglas, dann hob er ihn und zeigte ihn nach allen Seiten: Er war nicht verbrannt, nicht die kleinste Brandblase war zu sehen!

Es gab mächtigen Beifall.

Jetzt hob Lippel den linken Arm, steckte die Taschenlampe in den Ärmel seines Gewandes, und man sah

durch den dünnen Stoff, wie die brennende Wunderfackel im Ärmel hinunterrutschte und auf seinem Bauch landete.
Wieder schrien die Zuschauer auf. Ängstliche hielten sich die Augen zu, eine Frau fiel vor Schreck sogar in Ohnmacht und musste weggetragen werden.
Aber seine Kleider fingen nicht Feuer, wie es die Zuschauer befürchtet hatten, und Lippel fasste lässig in den Halsausschnitt seines Übergewandes und holte die Taschenlampe heraus.
Dann gab er durch Zeichen zu verstehen, dass jetzt eine besonders gefährliche Programmnummer folgen werde. Er wartete, bis alles mucksmäuschenstill war, öffnete seinen Mund, schob den oberen Teil der Taschenlampe hinein und blies die Backen auf, so fest er konnte.
»Unglaublich! Sein Kopf brennt innerlich! Er glüht richtig! Seht nur, wie rot sein Kopf ist! Er leuchtet!« Die Menge wagte nur zu flüstern.
Lippel nahm die Lampe wieder aus dem Mund, sagte »Mississippi!« und verbeugte sich.
Der Beifall schien kein Ende zu nehmen.
Doch plötzlich mischte sich das Geräusch von Hufschlägen in das Brausen des Beifalls. Drei Reiter in dunklen Mänteln kamen die Hauptstraße entlang auf den Marktplatz zugeritten. Lippel, der erhöht auf der Kiste stand, sah sie zuerst.
»Die Wächter! Dort kommen die Wächter!«, rief er Asslam und Hamide zu.

Der Anführer sagte etwas zu den beiden anderen Reitern und deutete auf Lippel.
»Sie haben mich erkannt! Schnell weg hier!«, schrie Lippel.
Asslam nahm den geldgefüllten Turban unter den Arm und drängte sich durch die dicht stehende Menge. Hamide folgte mit Muck, dahinter Lippel. Aber sie kamen nur langsam voran.
Die Reiter trieben ihre Pferde an und drängten sie rücksichtslos durch die Zuschauermenge. Sie näherten sich schnell.
In diesem Augenblick fegte ein heftiger Windstoß über den Markt, und Sekunden später prasselte ein Regenschauer los. Die Fackeln verloschen, es wurde dunkel auf dem Platz, die Menschen suchten Schutz vor dem Regen.
Vergeblich hielten die Reiter nach den drei Kindern Ausschau. Sie waren im Dunkeln, zwischen all den rennenden und rufenden Menschen, nicht mehr zu sehen.
Lippel lief hinter Asslam und Hamide in eine dunkle Gasse. Hamide hatte im Gedränge die Leine von Muck verloren, aber Muck rannte auch so hinterher.
Nach einer Weile blieben sie heftig atmend stehen und lauschten. Die Gasse lag still, die Häuser blieben dunkel, von den Reitern war nichts mehr zu hören.
Es regnete schon nicht mehr.
»Da hat das verrückte Wetter endlich auch mal was Gutes bewirkt«, flüsterte Lippel und schüttelte das

Wasser aus seinen Haaren. »Es hat genau zur richtigen Zeit geregnet!«
Gleich darauf standen sie zum zweiten Mal vor der Herberge zum Wilden Kalifen. Die Tür war verschlossen. Lippel klopfte.
Das Gesicht der dicken Frau erschien in einem Fensterchen neben der Tür.
»Ach, ihr seid es! Arme Kinder, wie nasse Mäuse seht ihr aus!«, sagte sie mitleidig. »Wartet, ich öffne euch! Aber seid leise, mein Mann wird sonst wach!«
Sie schloss die Tür auf und ließ die drei mit dem Hund herein. »Ich kann euch doch nicht so nass da draußen stehen lassen«, sagte sie. »Ein Zimmer kann ich euch nicht geben, das lässt mein Mann nicht zu. Aber wir haben einen kleinen Stall für unseren Esel. Da könnt ihr für die Nacht unterschlüpfen. Es gibt Stroh da, zum Schlafen.«
»Wir brauchen nicht im Stall zu schlafen. Wir haben Geld genug«, sagte Lippel.
»Ist das wirklich wahr?«, fragte die dicke Frau.
Asslam hielt ihr den Turban hin, Lippel knipste seine Taschenlampe an und richtete den Strahl darauf. Der Turban war bis oben hin gefüllt mit großen und kleinen Geldmünzen.
Die Frau wusste gar nicht, worüber sie mehr staunen sollte: über das viele Geld oder über das seltsame Licht.
So bekamen die drei das beste Zimmer zugewiesen, mit weichen Strohsäcken, gefüllt mit frischem Stroh, und Kamelhaardecken zum Schutz gegen die Nachtkälte.

Lippel legte sich auf einen der Strohsäcke, deckte sich zu und versuchte einzuschlafen.
Irgendwann in der Nacht hörte er, wie sich Hamide durch das Zimmer tastete und dabei flüsterte: »Asslam? Asslam, wo bist du?«
Lippel richtete sich auf, er wusste nicht, ob er schon geschlafen hatte.
»Lippel!«, flüsterte Hamide jetzt. »Lippel, schläfst du?«
»Nein. Was ist denn los?«, flüsterte Lippel.
»Kannst du mal deine Wunderfackel anzünden? Ich glaube, Asslam ist weg«, flüsterte sie.
Lippel knipste die Taschenlampe an. Asslams Bett war leer. Muck, der vor Asslams Strohsack gelegen hatte, war auch verschwunden.
»Bei Allah, er ist wirklich weg!«, sagte Hamide erschrocken. »Wo kann er nur sein? Sollen wir ihn suchen?«
»Wir warten lieber«, sagte Lippel. »Bestimmt kommt er zurück.«
»Und wenn nicht?«
»Asslam kommt wieder«, sagte Lippel tröstend. »Ganz bestimmt.«
»Lippel«, sagte Hamide nach einer Pause. »Lippel, wir haben uns gar nicht bei dir bedankt.«
»Bedankt? Wofür?«, fragte er.
»Für deine Zauberschau. Und für das viele Geld, das du für uns verdient hast. Ohne dich hätten wir auf der Straße übernachten müssen.«
»Na ja, war ja nicht so schwer, mit der Taschenlampe ...«, sagte Lippel verlegen.

»Woher hast du sie eigentlich, diese Wunderfackel?«
Lippel sagte: »Ach, die habe ich beim Elektrohaus Utz in der Schillerstraße – ich wollte sagen – ich meine ...«
Lippel wurde immer verwirrter. Seltsam: Wo gab es denn hier im Morgenland ein Elektrogeschäft? Die Schillerstraße war doch ... Wo war die nur?
»Ich meine – ich wollte sagen ...«, stammelte Lippel. Die Schillerstraße war doch rechts neben der Schule. Schule? »Ich ...«, sagte Lippel – und wachte auf.
Er war zu Hause, in seinem Bett.
Neben ihm, auf dem Kopfkissen, lag sein Turban. Er war ihm beim Schlafen vom Kopf gerutscht. Lippel schaute hinein: Leider war der Turban leer, nicht eine einzige Münze lag darin!

Donnerstag

Ein ungewöhnlicher Morgen

Lippel setzte sich auf und blickte auf seine Armbanduhr. Es war Viertel vor sieben. Das war genau die Zeit, zu der ihn Frau Jakob sonst immer weckte.

Er saß noch ein paar Minuten auf dem Bettrand und wartete darauf, aufgeweckt zu werden. Aber als Frau Jakob nach fünf Minuten immer noch nicht gekommen war, stand er auf, um zum Badezimmer zu gehen.

Als er am Elternschlafzimmer vorbeikam, wo Frau Jakob schlief, stürzte Frau Jakob heraus.

Sie war ganz aufgeregt und band mit zitternden Händen ihren Morgenmantel zu, während sie rief: »Philipp! Um Himmels willen, ich habe verschlafen! Mein Wecker ist stehen geblieben. Wie spät ist es denn? Hast du eine Uhr? Was machen wir denn nur?!« Ihre Haare, die sonst immer so wohlfrisiert waren, hingen ihr ins Gesicht.

»Alles nicht so schlimm, Frau Jakob! Ich bin ja aufgewacht. Es ist noch nicht einmal sieben«, beruhigte Lippel sie.

»Da fällt mir ein ganz großer Stein vom Herzen!«, sagte Frau Jakob erleichtert. »Was werden deine Eltern sagen,

wenn sie das erfahren! Dass mir so etwas passieren muss!«
»Meine Eltern erfahren das sowieso nicht. Und wenn doch, wäre das auch nicht schlimm. Ich komme ja gar nicht zu spät«, sagte Lippel.
»Du bist ein lieber Junge, Philipp«, sagte Frau Jakob und strich ihm über den Kopf. »Ich gehe gaaanz schnell ins Bad, ja? Nur zwei Minuten, dann darfst du hinein.«
Vielleicht ist Frau Jakob doch nicht so übel, dachte Lippel, als er wartete. Eigentlich ist sie eben richtig nett gewesen!
Doch als sie fünf Minuten später aus dem Bad kam, war sie wieder ganz wie sonst. Ihre Haare waren frisiert, ihr Morgenmantel zugeknöpft, und sie hatte auch die gleiche sachliche Stimme wie sonst, als sie sagte: »So, du kannst nun ins Bad, Philipp! Beeil dich, du weißt, du hast nicht viel Zeit! Putz dir die Zähne! Ich gehe schon nach unten und mache das Frühstück.«

Zum Frühstück aß Lippel wie gewöhnlich seinen Joghurt. Und da Frau Jakob auch heute an den Sammelpunkt gedacht hatte, wurde seine Sammlung wieder um zwei Punkte reicher. Vielleicht würde er bis zum Ende der Woche doch hundert Punkte zusammenhaben!
»Soll ich dir wieder ein Pausenbrot machen wie gestern?«, fragte Frau Jakob.
»Lieber zwei!«
»Zwei?! Siehst du, man muss Kindern nur das Richtige

anbieten. Ein echtes Pausenbrot ist tausendmal besser als so ein Schoko-Knacky.«
»Schoko-Cracky!«, verbesserte Lippel.
»Wieder mit Butter?«
»Lieber mit ganz viel Wurst«, sagte Lippel. Wurstbrote würden Muck bestimmt noch besser schmecken als Butterbrote!
»Wurst ist gut, Wurst gibt Kraft. Langsam kommst du auf den Geschmack!«, lobte ihn Frau Jakob. »Und vergiss nicht wieder, deinen Regenmantel mitzunehmen. Gestern hast du ihn vergessen.«
»Gestern hat es ja auch gar nicht geregnet!«, sagte Lippel.
»Aber heute Nacht!«, entgegnete Frau Jakob.
»Ich mag keinen Regenmantel anziehn«, maulte Lippel.
»Meinetwegen. *Ich* werde ja nicht nass«, sagte sie und ließ ihn gehen.
Lippel schaute sich auf dem Weg zur Schule ständig nach Muck um und rief nach ihm. Aber von Muck war nichts zu sehen. So kam Lippel schließlich bei der Schule an, ohne dass er die beiden Wurstbrote hätte verfüttern können.
Heute konnte er sich Zeit lassen, auf der Schuluhr war es erst fünf vor acht.
Gemächlich schlenderte er den Flur entlang, bis er plötzlich wie angewurzelt stehen blieb: Vor dem Klassenzimmer, auf dem Boden neben dem Papierkorb, lag der Armreif aus seinem Traum! Eine Weile starrte Lip-

pel darauf und wagte es nicht, ihn aufzuheben. Er hatte Angst, er würde dann auf der Stelle aufwachen und feststellen, dass auch das hier ein Traum war.
Schließlich bückte er sich doch und hob den Armreif auf. Es gab keinen Zweifel, es war der goldene Armreif der Prinzessin. Alles stimmte. Die Größe, die Form, das Muster und der rote Stein.
Lippel war völlig verwirrt. Wie kam ein Gegenstand aus seinem Traum in die Schule?
»Guten Morgen, Lippel«, sagte jemand neben ihm. Hamide war aus dem Klassenzimmer gekommen. »Du hast ja meinen Armreif! Hast du ihn gefunden? Toll! Ich habe

schon ganzes Klassenzimmer ausgesucht. Danke!«, rief sie, nahm dem verblüfften Lippel den Armreif einfach weg und streifte ihn über ihre Hand.
»Aber wieso ist das *dein* Armreif?«, fragte Lippel. »Der gehört dir doch gar nicht!«
»Natürlich ist das meiner! Ich habe ihn doch gestern schon angehabt. Hast du ihn nicht gesehen?«
»Gestern?«, fragte Lippel. »Ich weiß nicht. Gehört er wirklich dir?«
»Ja, gehört mir!«, versicherte Hamide und ging mit Lippel ins Klassenzimmer.
»Wo ist denn Arslan?«, fragte Lippel. »Ist er noch nicht da?«
Hamide wurde verlegen. »Er – er ist weg. Er kommt heute nicht«, sagte sie leise. »Du darfst nicht verraten, dass er weg ist!«
»Asslam ist weg«, sagte Lippel, mehr zu sich selbst. »Er ist also immer noch nicht wiedergekommen!«
»Arslan«, verbesserte Hamide.
»Ist doch egal«, sagte Lippel. »Ist ja doch das Gleiche.«
Als dann Frau Klobe kam und nach Arslan fragte, behauptete Hamide, er wäre krank. Er hätte eine Erkältung.
Lippel war den ganzen Vormittag geistesabwesend. Er starrte auf den Armreif an Hamides Handgelenk, schüttelte ab und zu den Kopf, murmelte vor sich hin und passte überhaupt nicht auf.
Selbst in Deutsch, seinem Lieblingsfach, musste ihn Frau Klobe dreimal ansprechen, bis er überhaupt be-

griff, dass er gemeint war. Und dann konnte er nicht einmal ihre Frage beantworten, auch nicht, als sie sie wiederholte.

»Philipp, was ist los mit dir?«, fragte sie. »Ich weiß ja, dass du manchmal verträumt bist. Aber so zerstreut habe ich dich noch nie erlebt. Ich fürchte, du wirst auch krank. Vielleicht hast du dich bei Arslan angesteckt. Sag deiner Mutter, sie soll bei dir mal Fieber messen!«

»Meine Mutter kann kein Fieber messen, weil sie weg ist und erst am Montag wiederkommt«, sagte Lippel.

»Und dein Vater?«

»Ist auch weg!«

»Ja, bist du denn ganz alleine?«, sagte Frau Klobe besorgt.

»Nein, die Frau Jakob sorgt für mich«, sagte er.

»Jetzt weiß ich, warum du so unaufmerksam bist«, sagte Frau Klobe. »Ohne Eltern! Da muss man ja zerstreut sein.«

Lippel ließ sie in ihrem Glauben.

In Wirklichkeit hatte seine Zerstreutheit weder etwas mit Frau Jakob zu tun noch mit seinen Eltern. Er konnte sich einfach nicht erklären, wieso Dinge aus einem Traum plötzlich in der richtigen Welt landeten!

Arslan

Nach der Schule ging er mit Hamide die Herderstraße entlang. »Was ist los mit dir? Warum redest du gar

nicht?«, fragte sie nach einer Weile und schaute ihn prüfend von der Seite an. »Bist du böse mit mir?«
»Nein, nein! Ich denke nur nach. Ich kriege alles nicht zusammen«, sagte Lippel. »Arslan ist weg, Asslam ist weg. Und du sagst, das wäre dein Armreif!«
»Ja, ist mein Armreif.«
»Ist das echtes Gold?«
»Gold? Nein! Sieht nur so aus. Ist schön, nicht?«
»Ja, ja«, antwortete Lippel zerstreut. Dann wäre die dicke Wirtin aber ganz schön reingefallen, wenn sie ihn als Pfand genommen hätte, dachte er. Wenn er gar nicht aus Gold ist!
Langsam gingen sie nebeneinanderher.
Vor einem Hauseingang sahen sie einen Jungen auf den Stufen sitzen. Er hatte den Kopf zurückgelehnt und sonnte sich. Eine Frau mit einer dicken Einkaufstüte kam vorbei, schimpfte auf ihn ein und jagte ihn mit einer drohenden Gebärde von den Stufen.
Der Junge schaute sie betroffen an und stand auf.
Es war Arslan.
»Arslan! Wo kommst du her? Bist du denn nicht krank? Wo warst du denn heute Morgen?«, rief Lippel.
Arslan zuckte mit den Schultern. »In Stadt gegangen«, sagte er.
»Einfach so?«, fragte Lippel. »Hast du geschwänzt?«
»Geschwänzt?«, fragte Arslan. »Was ist *geschwänzt*?«
Hamide erklärte es ihm auf Türkisch.
»Ja, habe geschwänzt«, sagte Arslan.
Zu dritt gingen sie weiter.

Lippel musste unbedingt eine Frage loswerden. Jetzt, nachdem Arslan wieder da war.
»Darf ich euch mal was fragen?«, sagte er. »Ihr dürft mich aber nicht auslachen. Versprecht ihr mir das?«
»Warum sollen wir lachen?«, sagte Hamide. »Frag doch!«
Lippel fing erst mal ganz vorsichtig an. Er wollte nicht gleich mit der Tür ins Haus fallen.
»Kennt ihr vielleicht zufällig einen Sindbad?«, fragte er.
»Sindbad?« Hamide überlegte. »Ja! Sindbad, der …« Sie suchte nach dem passenden Wort. »Sindbad der Matrose!«
Sie kannte ihn also. Sie wusste sogar mehr als er; dass er früher mal Matrose gewesen war!
Mutig fragte er weiter:
»Und ihr, seid ihr … Ihr dürft nicht lachen, ja? – Seid ihr Prinzen, und euer Vater ist König?«
»König?«, sagte Arslan fassungslos.
Hamide schaute Lippel groß an. Ob er sich über sie lustig machen wollte? Aber er guckte ganz ernst.
»Spinnst du? Bist du verrückt?«, fragte sie.
»Machst du Witze?«, fragte Arslan.
»Es war ja nur so eine Frage«, entschuldigte sich Lippel. »Es ist aber auch schwierig! Ich kenne einen Asslam, der nicht redet, und Arslan redet auch nicht. Und der ist der Sohn vom König. Und Hamide ist seine Schwester. Ich meine die Hamide, die ich kenne. Und du hast ihren Armreif!«

»Hamide? Woher kennst du sie? Ist sie auch türkisch?«, fragte Hamide.
Lippel konnte schlecht sagen: »Ich habe sie geträumt.« So stotterte er: »Aus – aus einem Buch – aus einer Geschichte!
»Ach so«, Hamide nickte verstehend. »Unser Vater ist Automechaniker. Mama arbeitet auch. In Blumengeschäft.«
Arslan sagte ihr etwas auf Türkisch.
»Du kannst ja zu uns kommen«, übersetzte sie. »Kannst Mama kennenlernen.«
»Warum redest du eigentlich nie?«, fragte Lippel Arslan ganz direkt. »Du verstehst doch alles, was ich sage.«
»Kann nicht reden!«, sagte Arslan abwehrend.
»Wieso nicht? Gerade hast du auch geredet!«, sagte Lippel.
»Ja. Aber nicht richtig. Alles falsch.«
»Na und? Was ist denn dabei, wenn du mal was Falsches sagst?«
»Alle lachen!«
»Das stimmt nicht. Ich lache nicht«, beteuerte Lippel.
»Hamide kann alles sprechen. Ist kleiner und weiß alles. Immer muss ich ihr was fragen! Das ist, warum ich nicht rede.«
»Immer muss ich *sie* was fragen!«, verbesserte Lippel.
»Siehst!«, sagte Arslan missmutig.
»Ist doch gut, wenn ich dich verbessere«, sagte Lippel. »Wie willst du es sonst lernen? Es heißt: Ich frage sie was.«

»Warum?«, fragte Arslan.

»Warum?« Lippel war verblüfft. »Warum nicht? Das heißt eben so.« Er überlegte. Schließlich schien es ihm, als hätte er die Erklärung gefunden. »Es heißt *sie,* weil sie ein Mädchen ist.«

»Immer muss ich sie was fragen«, fuhr Arslan fort. »Nie kann ich sie was sagen!«

»Nie kann ich *ihr* was sagen!«, verbesserte Lippel.

»Warum nicht *sie?*«, fragte Arslan. »Ist Hamide nicht mehr ein Mädchen?«

»Doch, doch«, sagte Lippel. Wenn man es richtig betrachtete, war die deutsche Sprache ganz schön schwierig. »So ist das eben.«

»Und immer *der, die, das*! Kann man nicht lernen!«, schimpfte Arslan.

»Wieso? Das ist aber doch einfach«, meinte Lippel.

»So?«, fragte Arslan. »Wie heißt Haus?«

»*Das* Haus«, antwortete Lippel.

»Ist Schule ein Haus?«

»Klar. Natürlich ist das ein Haus, was denn sonst!«

»Muss also heißen: *das* Schule«, stellte Arslan fest.

»Nein, nein. Die Schule ist zwar ein Haus, es heißt aber trotzdem *die* Schule«, sagte Lippel. (Eigentlich komisch, dachte er. Wieso nicht *das* Schule?)

»Siehst!«, beschwerte sich Arslan. »Sehr schwer! Das ist, warum ich nicht in die Schule war heute.«

»In *der* Schule«, verbesserte Lippel. »Es heißt: *der* Schule!«

»Du lügst!«, sagte Arslan zornig. »Du hast gesagt, *die*

Schule! Warum *der* Schule?! Andermal sagst du *das* Schule, was?!« Lippel seufzte. »Ich geb es ja zu«, sagte er. »Deutsch ist viel schwieriger, als ich gedacht habe. Wo hast du eigentlich Deutsch gelernt?«
»In Sindelfingen«, sagte Hamide.
»Kann ich allein sagen!«, sagte Arslan ärgerlich. »In Sindelfingen!«
»Ach, in Sindelfingen«, sagte Lippel.
Die drei waren inzwischen bei der Friedrich-Rückert-Straße angelangt und blieben stehen.
»Was ist? Kommst morgen?«, fragte Arslan.
»Du meinst, mit zu euch? Ja, gern«, antwortete Lippel.

»Wann soll ich denn kommen? Wo wohnt ihr überhaupt?«
»In der Bahnhofstraße«, sagte Hamide.
»Kann ich allein sagen!«, sagte Arslan. »In Bahnhofstraße.«
»Ach, in der Bahnhofstraße«, sagte Lippel. »Und wann soll ich also kommen?«
»Komm mit zu Essen«, schlug Arslan vor.
»Ja, zum Mittagessen. Ich sag es unserer Mutter«, sagte Hamide.
»Zum Mittagessen? Warum nicht!« Lippel gefiel die Idee. »Aber nur, wenn es keine Tomaten gibt!«
»Tomaten nicht? Sage ich unserer Mutter«, versprach Hamide.
Sie unterhielten sich noch eine Weile, bis Lippel sagte: »Jetzt muss ich aber nach Hause!«
Hamide schaute zum Himmel und sagte: »Ja, gehen wir. Es regnet nämlich gleich. Komm, Arslan!«
»Wiedersehn! Bis morgen!«, sagte Lippel.
»Güle güle«, antwortete Arslan.
»Was meinst du?«, fragte Lippel erstaunt.
»Güle güle!«, sagte Arslan lachend. »Güle güle!«
»Güle güle? Was soll das heißen?«, fragte Lippel.
»Das ist ein türkischer Gruß«, erklärte ihm Hamide.
»Ach so. Güle güle«, sagte Lippel.
Und die drei gingen in verschiedene Richtungen auseinander.

Muck sorgt für Aufregung

In der Friedrich-Rückert-Straße kam Lippel drüben, auf der anderen Straßenseite, ein brauner Hund entgegen. Lippel blieb stehen: Es war Muck.

»He, Muck! Wo kommst du denn her?«, rief er.

Muck überquerte die Straße, begrüßte Lippel durch Schwanzwedeln und beschnupperte ausgiebig Lippels Schultasche.

»Na, dann wollen wir doch mal nachgucken, ob wir etwas für dich finden!«, sagte Lippel und stellte die Schultasche auf den Bürgersteig.

Er machte es sehr spannend, öffnete sie langsam und tat so, als ob er erst lange suchen müsste. Muck schaute aufgeregt zu. Schließlich war Lippel so gnädig, in die rechte Innentasche zu fassen und die Brote herauszuho-

len. Langsam zog er das Papier ab, teilte das erste Brot in zwei Hälften und warf Muck die eine hin.
Muck stürzte sich darauf und verschlang sie.
Dann bekam er die zweite Hälfte, die erste Hälfte vom zweiten Brot, dann, ja dann fing es mit einem Mal heftig an zu regnen.
Lippel machte die Schultasche zu, damit seine Hefte und Bücher nicht nass wurden, warf Muck das letzte Stück Brot zu, hielt die Büchertasche als Regenschutz über den Kopf und verabschiedete sich schnell von Muck.
»Bis morgen, Muck!«, rief er und rannte los.
Muck verschlang erst noch das Wurstbrot, dann kam er hinterhergelaufen.
Gerade als Lippel stürmisch an der Haustür klingelte, hatte Muck ihn eingeholt.
Frau Jakob öffnete die Tür und sagte vorwurfsvoll: »Das kommt davon, wenn man ohne Regenmantel …«
Weiter kam sie nicht.
Denn ehe Lippel begriff, was geschah, hatte sich Muck mit ihm durch die Haustür gedrängt und stand im Flur.
»Geh hinaus! Marsch!«, rief Frau Jakob. (Das galt Muck.)
»Wie kannst du nur so ein Vieh mit ins Haus bringen!« (Das galt Lippel.)
Lippel sagte: »Ich habe ihn gar nicht mitgebracht. Er ist von alleine gekommen.«
Muck kümmerte sich nicht um Frau Jakob.
Zuerst schüttelte er sich so heftig, dass die Wassertropfen aus seinem Fell bis zur Decke sprühten. Dann lief

er ohne viel Umstände ins Wohnzimmer, tappelte mit seinen schmutzigen Pfoten über den hellen Teppich und sprang mit einem eleganten Satz in den Sessel, in dem Frau Jakob immer saß, wenn sie telefonierte. Dort drehte er sich ein paarmal um sich selbst, schubste mit seiner Schnauze ein Kissen zur Seite und legte sich mit einem behaglichen Seufzer nieder.

Frau Jakob hatte dem Hund einen Augenblick lang völlig verblüfft hinterhergestarrt. Nun flitzte sie ihm nach, stellte sich vor dem Sessel auf und schrie: »Raus hier! Wirst du wohl aus dem Sessel gehn! Marsch! Raus!«

Muck hob den Kopf ein wenig und blickte ihr erstaunt ins Gesicht. Da sie es nicht wagte, ihn anzufassen, blieben ihre Worte leider ohne große Wirkung. Muck legte seinen Kopf wieder auf die Vorderpfoten und deutete damit an, dass er ein kleines Schläfchen halten wolle.

Lippel war hinterhergekommen.

»He, Muck, das kannst du wirklich nicht machen!«, sagte Lippel vorwurfsvoll. »Schau dir den Teppich an! Los, komm runter!«

Er fasste Muck am Nackenfell und versuchte ihn aus dem Sessel zu ziehen. Das verstand der Hund besser. Er sprang auf den Teppich und schaute Lippel an, als wollte er fragen: »Und nun? Was soll ich jetzt tun?«

»Komm mit!«, befahl Lippel. »Komm!«

Er öffnete die Haustür. »Geh raus hier! Du bist zu nass und zu schmutzig!«

Muck kam ein paar Schritte hinter Lippel her. Aber als er die geöffnete Haustür und den Regen draußen sah,

drehte er sich doch lieber wieder um, ging zurück und sprang zum zweiten Mal in den Sessel.
Jetzt zierten schon zwei schmutzige Hundefährten den hellen Teppich.
»Ich kann ihn rauslocken, wenn ich ihm was zu fressen gebe«, sagte Lippel. »Ich brauche ein Stück Wurst oder so was!«
Frau Jakob öffnete in der Küche den Kühlschrank und wühlte mit zitternden Fingern in Papiertüten.
»Ein Hund im Haus! Und der Schmutz, der viele Schmutz!«, schimpfte sie. »Wie kannst du nur so etwas tun!«
Lippel versicherte ihr noch einmal, dass er ihn wirklich nicht mitgebracht habe.
Endlich hatte sie ein Stück Gelbwurst gefunden. Zuerst wollte sie es Lippel geben, aber dann überlegte sie es sich anders. Sie ging mit der Wurst ins Wohnzimmer.
»Wie nennst du den Hund? Wie heißt er?«, fragte sie.
»Muck«, sagte Lippel.
Frau Jakob wedelte mit der Wurst vor Mucks Nase herum. »Komm, Muck!«, rief sie.
Muck sprang sofort aus dem Sessel und schnappte nach der Wurst.
»Nein, nicht!«, rief Frau Jakob ängstlich und streckte ihren Arm mit der Wurst nach oben. »Philipp, nimm den Hund weg!«
Lippel hielt ihn fest.
Frau Jakob rannte in den Flur, öffnete aber nicht die Haustür, sondern die Tür, die in den Keller führte.

»Lass ihn jetzt los!«, rief sie Lippel zu.
Muck kam sofort in den Flur gestürzt. Frau Jakob zeigte ihm die Wurst und warf sie auf die Kellerstufen.
Muck rannte hinterher, die Treppe hinab.
Frau Jakob schlug die Tür zu und drehte den Schlüssel um. »Warum haben Sie die Wurst nicht auf die Straße geworfen?«, fragte Lippel. »Jetzt ist er im Keller!«
»Genau da gehört er hin. In den Keller!«, sagte Frau Jakob zufrieden. »Da wird er bleiben.«
»Wieso denn? Was soll denn der Hund im Keller?«, fragte Lippel.
»Seine Besitzer sollen ihn hier abholen. Sie bekommen ihn erst, wenn sie die Reinigung vom Teppich bezahlt haben. Und vom Sessel. Und vom Kissen auch«, sagte Frau Jakob grimmig.
»Aber es gibt gar keinen Besitzer. Der Hund streunt schon seit ein paar Tagen hier herum«, erklärte Lippel ihr.
»Woher weißt du dann seinen Namen?«
»Ich weiß ihn ja gar nicht richtig. Ich habe ihn einfach Muck genannt«, gestand Lippel.
»Ist das wahr?«, fragte Frau Jakob.
»Ganz bestimmt!«, versicherte er.
Sie überlegte kurz und sagte: »Dann rufe ich die Polizei an. Die soll ihn abholen.«
»Warum denn die Polizei? Dann ist er doch weg, und ich kann ihn nie mehr sehn!«, rief Lippel. »Was soll denn die Polizei mit dem Hund?!«

»Die bringen ihn in ein Tierheim. In einen Hundezwinger. Da geht es ihm gut.« Damit ging sie auch schon zum Telefon und wählte.
Lippel stand aufgeregt daneben und sagte: »Lassen Sie ihn doch einfach laufen, Frau Jakob!«
»Nein, das kommt nicht infrage. Bitte, sei leise! Du siehst doch, dass ich telefonieren will«, sagte Frau Jakob.
Lippel schlich in den Flur. Er wollte die Kellertür leise öffnen und Muck einfach freilassen.
Aber Frau Jakob musste schon so etwas vorausgesehen haben. Sie hatte den Kellerschlüssel abgezogen und mitgenommen. Traurig ging Lippel in sein Zimmer, legte sich auf sein Bett und starrte zur Decke.

Ein Anruf

Nach einer Weile kam Frau Jakob nach oben und wollte ihn zum Mittagessen holen.
Aber Lippel weigerte sich und drehte sich einfach zur Wand.
»Wenn du nicht essen willst, kann ich dir auch nicht helfen«, sagte Frau Jakob mürrisch und ging wieder nach unten.
Später am Nachmittag klingelte jemand unten an der Haustür.
Lippel setzte sich auf und lauschte. Zuerst hörte er eine Männerstimme, dann die Stimme von Frau Jakob. Kurz danach wurde die Kellertüre geöffnet. Er erkannte es

am Knarren. Dann hörte er wieder die Männerstimme, und schließlich fiel die Haustür ins Schloss.
Lippel hielt es in seinem Bett nicht mehr länger aus. Leise schlich er die Treppe hinunter. Frau Jakob telefonierte wieder mal im Wohnzimmer. Diesmal ging die Kellertür auf, sie war nicht mehr abgeschlossen.
»Muck?«, rief Lippel leise. Dann noch einmal: »Muck!« Aber kein Hund kam schwanzwedelnd auf ihn zu. Da war nur die leere, düstere Kellertreppe. Muck war nicht mehr da.
Lippel schlich wieder nach oben, legte sich ins Bett und deckte das Kopfkissen über sein Gesicht, sodass er niemanden sah und von niemandem gesehen werden konnte.
»So bleibe ich jetzt liegen und stehe nie mehr auf!«, sagte er entschlossen.
Ziemlich lange lag er so da und hing seinen traurigen Gedanken nach.
Da wurde seine Tür geöffnet, und Frau Jakob rief: »Philipp! Philipp, Telefon für dich! Deine Eltern!«
Telefon? Hatte er richtig gehört? Lippel schleuderte das Kissen weg und sprang auf.
»Na endlich! Hast du geschlafen? Deine Eltern sind am Telefon, mach schnell!«
Lippel hastete die Treppe hinunter und stürzte ans Telefon. Er nahm den Hörer und sagte aufgeregt: »Hallo? Hier ist Lippel.«
»Lippel, mein Junge! Endlich krieg ich dich mal ans Telefon! Wie geht es dir denn?« Es war seine Mutter!

»Warum habt ihr mich nie angerufen!«, sagte Lippel vorwurfsvoll. »Ich habe jeden Tag gewartet.«
»Wir haben immer wieder versucht, bei dir anzurufen. Wir sind aber nur ein einziges Mal durchgekommen. Das hat dir Frau Jakob doch sicher ausgerichtet. Oder?«
»Ja, das hat sie«, bestätigte Lippel.
»Wir haben es jeden Tag mindestens drei Mal probiert. Immer, wenn wir Zeit hatten!«
»Ja, und?«, fragte Lippel.
»Es war seltsamerweise immer besetzt. Papa und ich haben schon geglaubt, das Telefon bei euch wäre kaputt. Immer besetzt! Dabei telefonierst du doch gar nicht. Mit wem solltest du auch so lange sprechen.«
»Ich nicht«, sagte Lippel. »Aber Frau Jakob telefoniert –

telefoniert ein bisschen häufig.« Das war mehr als höflich ausgedrückt! Zuerst hatte er sagen wollen: Aber Frau Jakob telefoniert ununterbrochen.
»Ach, daran liegt es!«, sagte Mutter. »Jedenfalls können wir jetzt miteinander reden. Wir vermissen dich sehr. Erzähl doch mal, wie es dir geht!«
»Schlecht!«, sagte Lippel.
»Schlecht? Warum denn? Bist du etwa krank?« Die Stimme seiner Mutter klang besorgt. »Oder hast du Schwierigkeiten mit Frau Jakob? Erzähl doch!«
»Sie hat Muck wegbringen lassen. Jetzt sehe ich ihn nie wieder«, sagte Lippel.
»Wen? Muck? Wer ist denn das? Und wo hat sie diesen Muck hingebracht?«
»Muck ist ein Hund. Er war in unserer Wohnung. Sie hat ihn in den Keller gesperrt und ihn abholen lassen.«
»Ach, ein Hund! Hast du ihn mitgebracht?«
»Er ist mir nachgelaufen.«
Einen Augenblick war es still. Dann sagte Mutter vorsichtig: »Lippel, ich verstehe, dass du traurig bist. Aber weißt du: Ich kann Frau Jakob auch gut verstehn!«
»Was?«, fragte Lippel. »Die kannst du verstehn?!«
»Sie ist doch Gast in unserem Haus«, sagte Mutter. »Sie kann doch nicht einfach einen Hund in einer Wohnung dulden, die ihr nicht gehört.«
Lippel schwieg.
»Hörst du mich, Lippel?«, fragte Mutter. »Bist du noch dran?«
»Ja«, sagte Lippel knapp.

»Frau Jakob hat es bestimmt nicht aus Gemeinheit getan!«
Lippel schwieg. Er war beleidigt. Nun gab seine Mutter auch noch Frau Jakob recht!
Normalerweise wäre er jetzt ins Klo gegangen, hätte sich eingeschlossen und sich hinter der Tür auf den Teppichboden gesetzt, um zu zeigen, wie beleidigt er war. Weil sich das am Telefon aber schlecht machen ließ, beschränkte er sich darauf, jetzt nur noch mit einem kurzen »Ja« oder »Nein« oder »Hm« zu antworten.
»Geht es dir wenigstens sonst gut? Hast du alles, was du brauchst?«
»Hm.«
»Hast du denn Frau Jeschke schon mal besucht?«
»Ja.«
»Ist in der Schule auch alles in Ordnung?«
»Hm.«
»Vermisst du uns denn auch ein bisschen?«
»Ja.«
»Bitte, Lippel, sei doch nicht beleidigt!«
»Hm.«
»Wie ist denn das Wetter bei euch? Immer noch so unbeständig? Oder scheint die Sonne, so wie hier?«
»Nein.«
»Du, Lippel, ich habe gerade eine tolle Idee!«
»Ja?«
»Warte, ich muss das schnell noch mit Papa besprechen!«
Jetzt war es still auf der anderen Seite.

»Hallo, Mama?«, sagte Lippel.
Keine Antwort!
»Mama, bist du noch da?«, fragte Lippel ängstlich.
»Da bin ich wieder. Papa ist einverstanden. Ich soll dich übrigens lieb von Papa grüßen.«
»Womit ist Papa einverstanden? Was hast du denn für eine Idee?«
»Wir kommen nicht erst am Montag. Wir setzen uns Samstagnacht in den Zug, dann sind wir schon am Sonntag bei dir!«
»Schön! Wann denn am Sonntag?«
»Ich denke, dass wir zum Mittagessen bei dir sein werden.«
»So früh schon!« Lippel strahlte. »Da freue ich mich.«
»Was glaubst du, wie wir uns freuen!«, sagte seine Mutter. Dann verabschiedete sie sich, sein Vater rief auch noch ein paar Worte ins Telefon, und das Gespräch war zu Ende.
Lippel ging in die Küche zu Frau Jakob.
»Ich soll Sie noch mal von meinen Eltern grüßen«, richtete er ihr aus.
»Danke«, sagte sie.
»Und was haben Sie mit Muck gemacht?«, fragte er vorwurfsvoll.
»Der ist jetzt in einem Tierheim. Da geht es ihm gut, du kannst es mir ruhig glauben. Dort kann ihn sein Besitzer abholen. Falls er überhaupt einen hat.«
»Hm«, machte Lippel.
»Er hat da andere Hunde, mit denen kann er spielen!«

»Hm.«
»Du spielst doch sicher auch gern mit anderen Kindern. Oder etwa nicht?«
»Ja, doch«, sagte Lippel. »Darf ich morgen bei einem Schulfreund Mittag essen? Ich bin eingeladen.«
Lippel sah Frau Jakob an, dass sie ablehnen wollte, und machte sich schon auf ein neues Streitgespräch gefasst. Aber sie entschied sich anders. Vielleicht hatte sie ein schlechtes Gewissen wegen des Hundes und war deshalb nachgiebiger als sonst.
Sie sagte: »Meinetwegen. Dann muss ich morgen also alleine essen. Na gut. Aber komm nicht zu spät nach Hause! Sonst reicht die Zeit nicht mehr für deine Hausaufgaben. – Hast du sie heute eigentlich schon gemacht?«
Und weil Lippel noch nicht einmal damit angefangen hatte, ging er nach oben und machte für den Rest des Nachmittags Hausaufgaben.
Danach wartete er ungeduldig auf das Abendessen. Er hatte einen Löwenhunger, schließlich hatte er seit dem Schoko-Cracky in der Pause nichts mehr gegessen.
Als es dann Abendbrot gab, aß er so viel wie selten zuvor. Frau Jakob sagte stolz: »Na, dir schmeckt es, wie man sieht! Wenn du längere Zeit bei mir essen dürftest, wärst du bald nicht mehr so mager.«
Als Lippel schließlich im Bett lag, war es schon dunkel. Trotzdem konnte er nicht einschlafen. Es kam wahrscheinlich daher, dass ihn das viele Essen drückte.
Er drehte sich mal auf die eine, mal auf die andere Seite,

wälzte sich herum, setzte sich auf, deckte sich abwechselnd bis ans Kinn zu oder schob die Bettdecke bis zu den Knien herunter. Mal legte er den Kopf aufs Kopfkissen, mal das Kopfkissen auf den Kopf. Aber all das nützte wenig, und es war bestimmt schon elf Uhr, als er endlich einschlafen und weiterträumen konnte.

Der vierte Traum

Inzwischen war es Morgen geworden. Zuerst, noch in der Dämmerung, hatte Lippel die Vögel auf dem Dach der Herberge gehört.

Später, als es heller wurde, kamen immer mehr Geräusche dazu. Ein Hirte zog mit einer Herde Ziegen am Haus vorbei. Zuerst hörte Lippel die Ziegen meckern, dann die Stimme des Hirten, der die Tiere antrieb.

Ein Reiter auf einem Esel ritt durch die Gasse. Er musste hier gut bekannt sein. Er wurde von allen Seiten laut und fröhlich gegrüßt und grüßte genauso laut zurück.

Im Nachbarhaus hämmerte jemand.

Eine Männerstimme schimpfte und verfluchte einen gewissen Ali und dessen sämtliche Kinder und Kindeskinder.

Schließlich hörte Lippel, wie die dicke Wirtin singend im Innenhof herumging und mit Metallgefäßen schepperte. Wahrscheinlich bereitete sie das Frühstück für die Herbergsgäste. Lippel spürte, dass Hamide zu ihm herüberschaute.

Er wandte sich ihr zu und versuchte zu lächeln. »Asslam kommt bestimmt wieder!«, sagte er tröstend.

Es fiel ihm immer schwerer, Hamide Mut zuzusprechen, denn er wurde selbst immer unruhiger.
Jetzt saßen sie schon seit Stunden in diesem Zimmer und warteten. Was war nur geschehen? Wo blieben Asslam und Muck? Was sollten sie tun, wenn Asslam nicht wiederkam?
»Ob wir ihn suchen sollten?«, fragte Hamide.
»Daran habe ich auch schon gedacht«, antwortete Lippel. »Aber vielleicht kommt er gerade dann zurück, wenn wir weggegangen sind.«
»Ich kann ja gehen, und du bleibst hier und wartest auf ihn«, schlug Hamide vor. »Ich kenne mich in der Stadt besser aus.«
»Nein, *ich* gehe« sagte Lippel. »Wir wissen ja nicht, wo wir suchen sollen. Es ist gar nicht wichtig, dass man sich hier auskennt.«
»Du hast recht«, antwortete Hamide. »Allah möge dich beschützen. Sei vorsichtig! Nimm dich vor den Wächtern in Acht!«
Als Lippel in den Innenhof hinaustrat, war die Wirtin gerade damit beschäftigt, Feigen einzukochen. Sie hatte einen riesigen schwarzen Kessel über ein offenes Feuer gehängt und rührte eifrig mit einem großen Holzlöffel.
»Ah, die Kinder sind aufgewacht!«, rief sie, als sie Lippel sah. »Sind die beiden anderen auch schon auf? Soll ich euch das Morgenmahl zubereiten?«
Lippel gab keine Antwort darauf und fragte nur: »Haben Sie Asslam gesehen?«

»Den Stummen? Ist er denn nicht bei euch?«
»Nein. Er ist mit dem Hund weggegangen. Wir wissen nicht, wohin.«
»So etwas! Warum hat er denn nicht gesagt, wohin er ... Oh, Entschuldigung, was für eine dumme Bemerkung! Was machen wir nur?«
»Ich werde ihn suchen«, versprach Lippel.
Draußen war es noch kühl.
Die Handwerker hatten ihr Morgenmahl wohl schon eingenommen, sie saßen bereits vor ihren Häusern bei der Arbeit. Ein paar Kinder spielten »Schwarzer Mann«. Lippel ging auf sie zu.
»Habt ihr vielleicht einen fremden Jungen gesehen?«, fragte er. »Er ist ungefähr so alt wie ich. Er hat einen braunen Hund bei sich.«
Die Kinder verneinten.
Lippel war unschlüssig, welchen Weg er nehmen sollte. Schließlich entschied er sich und rannte die Gasse hinunter. Er lief gerade an einer hohen Gartenmauer entlang, über die ein paar Obstbäume ihre Zweige in die Gasse hinausstreckten, als ihm plötzlich Asslam entgegenkam.
Asslam war in höchster Eile und rannte, so schnell er konnte. Fast wäre er an Lippel vorbeigesaust. Gleichzeitig blieben sie stehen.
»Lippel!«, rief Asslam. Er war ganz außer Atem.
»Asslam, du redest ja!«, rief Lippel verblüfft. »Warum darfst du denn auf einmal reden? Was ist geschehn? Sag doch!«

»Still! Schnell über die Mauer!«, rief Asslam. »Schnell!«
Er drängte so sehr, dass Lippel ohne weitere Fragen nach einem Zweig griff, sich hochzog und auf der anderen Seite der Mauer in den fremden Garten sprang. Er landete in einem Blumenbeet. Neben ihm sprang Asslam in die Blumen.
»Was ist denn?«, flüsterte Lippel aufgeregt.
»Hörst du?«, flüsterte Asslam. Die beiden lauschten.
»Hufgetrappel! Pferde!«, flüsterte Lippel. Erschrocken fragte er: »Sind das die drei Wächter?«
»Zwei«, flüsterte Asslam. »Sie verfolgen mich.«
Das Trappeln der Pferdehufe auf dem Pflaster wurde lauter, zwei Reiter galoppierten auf der anderen Seite der Mauer vorbei, dann wurde es leiser und war schließlich nicht mehr zu hören. »Sie haben uns nicht entdeckt!«, sagte Lippel erleichtert.
Hinter ihnen wurde der Fensterladen des Hauses aufgestoßen, zu dem der Garten gehörte. Gleich darauf stürmte ein wütender Mann aus der Hintertür, einen Prügel in der Faust.
»Habe ich euch erwischt, ihr Diebe! Ihr also stehlt immer meine Granatäpfel! Na wartet! Oh, meine Blumen! Warum habt ihr meine schönen Blumen zertrampelt? Ihr sollt meinen Stock zu schmecken kriegen!«, schrie er und versuchte, Lippel am Übergewand zu packen. Lippel stand einen Moment starr vor Schreck, dann fasste er sich, griff schnell nach einem Ast und hangelte sich hinauf.

Asslam war schneller gewesen. Er stand schon oben auf der Mauer.
Das war Lippels Glück, denn Asslam streckte ihm die Hand entgegen, zog ihn zu sich hoch und sprang mit ihm hinunter in die Gasse.
Der Besitzer des Gartens schimpfte auf der anderen Seite über die beiden Diebe, jammerte über seine zertretenen Blumen und schien sich schließlich zu beruhigen.
»Er geht wieder in sein Haus«, sagte Asslam. »Er klettert nicht über die Mauer, das ist ihm zu mühsam.«
»Das war knapp!« Lippel wischte sich den Schweiß von der Stirn. »Jetzt musst du mir alles erzählen. Wie kommt es, dass du reden kannst? Wo warst du denn?«
Asslam sagte erschrocken: »Hörst du auch die Pferde?«
Lippel lauschte. »Sie kommen zurück!«, rief er aufgeregt. »Was machen wir denn jetzt? Sie kommen zurück!«
»Schnell über die Mauer!«, befahl Asslam und schwang sich schon wieder hinauf.
»Aber der Mann! Er hat einen Stock!«, sagte Lippel verzweifelt.
»Lieber Schläge als die Wächter!«, sagte Asslam entschlossen, streckte Lippel die Hand entgegen, und die beiden sprangen zum zweiten Mal in das Blumenbeet.
Keinen Augenblick zu früh, denn die Hufschläge waren schon ganz nah zu hören!
Der Besitzer des Gartens schaute aus der Tür.
»Beim Barte des Propheten!«, rief er. »Diese Frevler!

Diese Schurken! Diese Banditen! Schon wieder in meine Blumen! Diesmal entkommt ihr mir nicht!«
Lippel blickte Asslam an: Was sollten sie nur tun?
Auf der anderen Seite der Mauer ritten gerade die Wächter vorbei, hier drinnen wurden sie von einem Mann bedroht, der sie für Diebe hielt.
»Mir nach!«, rief Asslam halblaut und rannte an der Mauer entlang, in den entferntesten Teil des Gartens.
Der Mann verfolgte sie schwer atmend.
Und gerade als er wohl glaubte, er hätte sie in eine Ecke getrieben, wo sie nicht mehr ausweichen konnten, schlugen die beiden gleichzeitig einen Haken und stürmten an ihm vorbei, durch die Tür ins Haus.
»Was machst du?«, keuchte Lippel, der immer hinter Asslam herlief. »Das ist ja sein Haus!«
Asslam gab keine Antwort, durchquerte den Flur, öffnete eine Tür und schlug sie gleich wieder zu, denn dahinter befand sich das Frauengemach, fand endlich die Haustür und zog Lippel mit sich hinaus.
Sie befanden sich in der Gasse, die an der anderen Seite des Gartens vorbeiführte.
Als der Mann bei seiner Haustür anlangte, waren die beiden schon hinter einer Biegung verschwunden und in Sicherheit.
»Warte, bis wir bei meiner Schwester sind«, sagte Asslam. »Sonst muss ich alles zweimal erzählen.«
Vorsichtig gingen sie zur Herberge, immer auf der Hut vor den Wächtern, und kamen unbehelligt dort an.
Hamide war außer sich vor Freude, umarmte bald Ass-

lam, bald Lippel und sagte: »Ich hätte nicht geglaubt, dass Lippel dich finden würde. Er ist wirklich ein Zauberer!«

»Wo bist du gewesen?«, wollte Lippel nun endlich von Asslam wissen. »Und wo ist Muck?«

»Muck? Ich weiß es nicht. Ich kann nur hoffen, dass er nicht tot ist«, sagte Asslam niedergeschlagen. »Ich werde euch jetzt alles erzählen:

Heute Nacht lag ich lange wach und dachte nach.

Mein Lehrer Sindbad hatte mir gesagt, dass ich sieben Tage lang nicht reden durfte.

Ich lag da und zählte und rechnete – aber ich war mir nicht sicher: Waren seitdem sechs Tage vergangen oder sieben?

Der Einzige, der mir helfen konnte, war Sindbad.

Ich musste zu ihm! Aber das war gefährlich. Sein Haus steht gleich neben dem Palast. Am Tag hätte man mich entdeckt und gefangen genommen.

So beschloss ich, in der Nacht zu ihm zu gehen.

Ihr beide habt tief geschlafen. Ich wollte euch nicht wecken. Ich hatte ja vor, bis zum Morgen wieder zurück zu sein.

Nur Muck wurde wach, als ich aus dem Zimmer schlich, und folgte mir.

Ich klopfte an Sindbads Tür, um ihn zu wecken, und hörte seine Schritte im Haus. Er öffnete die Tür einen Spalt.«

»Allah sei Dank!«, rief Hamide. »Der gute Mann! Und dann hat er dich schnell ins Haus geholt.«

»Das hat er eben nicht!«, erzählte Asslam weiter. »Er sah mich, schrie auf und schlug die Tür schnell wieder zu.

Und ich stand draußen im Dunkeln und wusste nicht, was ich tun sollte.

Hatte mein alter Lehrer Angst, mich hineinzulassen, weil ich ein Verbannter war? Ich hatte ihn immer für meinen Freund gehalten!

Während ich so vor dem Haus stand und überlegte, ob ich ein zweites Mal klopfen oder lieber gleich weggehen sollte, öffnete er noch einmal die Tür.

›Bist du Asslam?‹, fragte er. Ich nickte. Hatte ich mich denn so verändert, dass er mich nicht wiedererkannte?

›Lebst du, oder bist du sein Geist?‹, fragte er.

Wie hätte ich antworten sollen? Ich durfte ja nicht reden.

So streckte ich ihm meine Hand entgegen, damit er sie ergreifen und fühlen konnte, dass ich kein Geist war.

Er fasste sie und zog mich schnell in sein Haus.

›Du lebst?‹, fragte er fassungslos.

Ich hätte am liebsten gesagt: ›Wieso denn nicht?!‹ So zuckte ich mit den Schultern und gab ihm mit den Händen ein Zeichen, dass ich schreiben wollte.

Er brachte mir eine Tafel und einen Griffel. Zuerst schrieb ich die Frage auf, die mich am meisten bewegte: Wann darf ich wieder sprechen?

Auf seinem Arbeitstisch lag ein ganzer Berg von beschriebenen Wachstäfelchen, Pergamenten und Holzbrettchen. Er suchte darunter nach meinem Horoskop, fand es und studierte es lange. Ich stand ungeduldig daneben.

Schließlich sagte er: ›Da Mitternacht vorbei ist, sind die sieben Tage abgelaufen. Du darfst sprechen.‹

Endlich!

Ich fragte ihn gleich, warum er mich mit einer so seltsamen Frage empfangen hatte, und ich erfuhr, dass man uns alle für tot hält.«

»Tot?«, fragte Hamide. »Aber warum denn?«

»Als die Wächter aus der Wüste zurückgekehrt waren, haben sie im Palast berichtet, wir wären alle drei nicht mehr am Leben«, erzählte Asslam. »Sie sagten, wir seien während eines Sandsturms geflohen, sodass sie uns nicht verfolgen konnten. Wir wären im Sturm umgekommen.«

»Warum haben sie das gesagt?«, fragte Hamide entsetzt. »Sie wissen doch, dass wir nicht tot sind.«

»Ich kann es mir denken«, sagte Lippel. »Sie wollten den zweiten Beutel mit Goldstücken von eurer Tante. Den sollten sie erst bekommen, wenn wir tot sind. Sie haben einfach behauptet, wir wären in der Wüste umgekommen, und haben das Geld kassiert.«

»Genauso ist es«, bestätigte Asslam. »Als unser Vater die Nachricht von unserem Tod hörte, war er völlig verzweifelt. In seinem Schmerz hat er sich immer wieder selbst verflucht, weil er seine Kinder verbannt hat. Er hat sich in sein Zimmer eingeschlossen und will es nicht mehr verlassen. Er soll sogar gesagt haben, er wolle nicht mehr König sein.«

»Da wird sich eure Tante aber freuen«, sagte Lippel. »Dann wird ja ihr Sohn der neue König.«
Asslam nickte und erzählte weiter:
»Als ich von Sindbad hörte, wie sehr unser Vater um uns trauert, wollte ich gleich zum Palast laufen, um ihn zu trösten und um ihm zu sagen, dass wir noch leben. Sindbad überredete mich, damit bis zum Morgen zu warten. Er hatte recht, ich war inzwischen so müde, dass ich kaum noch stehen konnte. So schlief ich in seinem Haus, bis es hell wurde. Heute Morgen, ganz früh, ging ich dann mit Muck zum Palast.«
»Schön!«, rief Hamide. »Was hat Vater gesagt? Ich kann mir richtig vorstellen, wie er sich gefreut hat. Schade, dass ich nicht dabei war!«
»Wie gut, dass du nicht dabei warst!«, sagte Asslam düster. »Als ich gerade den ersten Vorhof überqueren wollte, der vor dem großen Hof liegt, da stürzten sich plötzlich die drei Wächter auf mich.
Sie hatten sich dort verborgen und mir aufgelauert. Sie zückten ihre Schwerter und gingen auf mich los. Sie wollten mich nicht gefangen nehmen, nein! Sie wollten mich töten!«
»Töten?«, fragte Hamide fassungslos.
»Ja, töten«, bestätigte Asslam mit finsterem Gesicht. »Die Tante darf nicht erfahren, dass wir noch leben. Und unser Vater erst recht nicht. Erst wenn wir wirklich tot sind, können sie sicher sein, dass die Wahrheit nicht bekannt wird. Deswegen ritten sie gestern Nacht immer wieder durch die Stadt, auf der Suche nach uns. Deswe-

gen haben sie mir aufgelauert. Sie ahnten, dass ich zum Palast kommen würde. Deswegen reiten sie jetzt wieder durch die Stadt und suchen und suchen …«

»Du hast uns noch gar nicht erzählt, wie du ihnen entkommen bist«, sagte Lippel. »Als sie mit ihren Schwertern auf dich losgegangen sind.«

»Wenn Muck nicht gewesen wäre, hättet ihr mich nicht wiedergesehen«, erzählte Asslam. »Er stürzte sich bellend auf sie und lenkte sie erst einmal ab. Während sie sich mit Muck herumschlugen, lief ich davon. Bis sie auf ihren Pferden saßen, war ich schon über eine Friedhofsmauer geklettert. Sie mussten außen herumreiten, durch das Tor. Da war ich schon längst über die zweite Mauer gesprungen und in der nächsten Gasse verschwunden. Dort traf ich dann Lippel. Den Rest der Geschichte kennt ihr ja.«

Lippel nickte. Dann fiel ihm noch etwas ein. »Es waren aber nur zwei Reiter, die nach dir suchten«, sagte er. »Wo ist der dritte?«

»Er ist beim Palast geblieben. Er sorgt dafür, dass keiner von uns lebend hineinkommt, während die beiden anderen in der Stadt umherreiten«, erklärte Asslam.

»Aber es gibt doch nicht nur diese drei Wächter im Palast!«, sagte Hamide empört. »Wo waren denn die anderen? Warum haben sie dich nicht beschützt?«

»Die übrigen Palastwächter sind im Palast oder im Hof, das weißt du doch. Wenn die drei mich im äußersten Vorhof angreifen, merken es die anderen gar nicht. Und wenn sie es doch entdecken, denken sie, man jagt einen

Straßenjungen aus dem Palast, vielleicht einen Dieb.«
Asslam betrachtete seine schmutzigen, zerrissenen Kleider. »Ich sehe ja wirklich nicht aus wie ein Prinz!«, sagte er.
»Es muss doch irgendeine Möglichkeit geben, lebend in den Palast zu kommen!«, sagte Hamide. »Wir können doch nicht für immer hierbleiben. Ich will zu unseren Eltern!«
»Beruhige dich!«, beschwichtigte Lippel sie. »Es gibt bestimmt einen Ausweg. Man muss ihn nur finden.«
»Und wie?«, fragte Hamide ungeduldig.
»Durch Nachdenken«, sagte Lippel.
Die drei setzten sich nebeneinander auf einen Strohsack, stützten das Kinn in die Hand und überlegten.
Lippel spürte, dass er kurz davor war, den Ausweg zu finden. Er hatte bereits eine Idee. Aber seine Vorstellung war noch zu unbestimmt, er konnte sie noch nicht richtig fassen.
Wie war das? Er überlegte angestrengt.
Sein Plan wurde deutlicher und deutlicher, und er hätte den richtigen Ausweg auch ganz bestimmt gefunden – wenn nicht in diesem Augenblick Frau Jakob gerufen hätte:
»Philipp! Philipp, du musst aufstehn! Es ist Viertel vor sieben!«
Was blieb ihm anderes übrig: Er überließ es Hamide und Asslam, über den Ausweg nachzudenken, und wachte auf.

Freitag

Familie Güney

Diesmal zog Lippel den Regenmantel an, als er sich nach dem Frühstück auf den Schulweg machte. Er wollte nicht wieder so nass werden wie am Tag zuvor.
Schon auf halbem Weg bereute er es. Obwohl es ja noch früh am Morgen war, schien die Sonne schon recht warm. Kein einziges Wölkchen war zu sehen. Es würde ein heißer Tag werden! Am liebsten wäre er wieder umgekehrt und hätte den Mantel nach Hause gebracht. Aber dann wäre er zu spät gekommen. Er beschloss, ihn einfach in der Schule zu vergessen. Bei diesem Gedanken besserte sich seine Laune wieder. Eigentlich sehr praktisch, dachte er. Der Mantel hing dann an der Garderobe vor dem Klassenzimmer, und wenn es irgendwann einmal nach der Schule regnen sollte, hatte er gleich einen Regenschutz.
Seine Laune wurde noch besser, als er in die Herderstraße einbog und entdeckte, dass Hamide und Arslan vor ihm hergingen. Er rannte ein Stück, bis er sie eingeholt hatte. Gemeinsam gingen sie weiter.
»Kommst du heute? Zum Essen?«, fragte Hamide.
Lippel nickte. »Nach der Schule gehe ich mit zu euch.«

»Schön!«, sagte Hamide.
»Gut!«, sagte Arslan.
»Was gibt es denn zu essen?«, wollte Lippel wissen.
»Weiß nicht.« Arslan zuckte mit den Schultern.
»Ich weiß auch nicht, was es gibt«, sagte Hamide. »Aber ich weiß, was es nicht gibt!«
»Was denn nicht?«, fragte Lippel.
»Tomaten!« Hamide lachte. »Das Essen ist nicht fertig, wenn wir kommen. Mama arbeitet im Blumengeschäft bis zwölf. Dann aber macht sie schnell.«
»Ich kann warten«, versicherte Lippel. »Gestern habe ich mittags überhaupt nichts gegessen. Erst abends!«
»Bis Abend musst du nicht warten bei uns«, sagte Hamide. »Da täte ich ja verhungern.«
Der Vormittag in der Schule verging schnell.
Zuerst hatten sie eine Doppelstunde Deutsch. Frau Klobe gab die Diktate zurück. Lippel hatte einen Fehler, Hamide vierzehn und Arslan dreiundsiebzig.
Nach der Pause hatten sie zwei Stunden Sport. Zuerst machten sie ein paar Spiele, dann einen Wettlauf. Arslan wurde Erster, Hamide Elfte und Lippel Neunzehnter. Danach mussten sie wieder in die Schule zurück, zur Sachkunde-Stunde.
Nach dem Unterricht begleitete Lippel Arslan und Hamide nach Hause.
Es war ein seltsames Gefühl für ihn, als er an der Friedrich-Rückert-Straße vorbeiging, ohne abzubiegen, immer weiter die Herderstraße entlang, bis sie zur Bahnhofstraße kamen. Lippel versuchte das Namens-

schild an der Wohnungstür zu entziffern. (Es war ziemlich düster im Treppenhaus.)
»Güney« stand da. Er hatte gar nicht gewusst, wie seine neuen Freunde mit Nachnamen hießen. Arslan klingelte. Eine mollige junge Frau machte auf.
»Meine Mutter!«, stellte Arslan vor.
»Güle güle!«, sagte Lippel höflich.
Die Frau lachte schallend. Arslan und Hamide lachten mit.

Lippel wurde rot. »Was ist denn? Habe ich etwas Falsches gesagt?«, fragte er verlegen. »Das war doch der türkische Gruß?«
»Aber doch nicht, wenn man kommt. Das sagt der, der geht. Das ist so wie ›Auf Wiedersehn‹, verstehst du?«, erklärte ihm Hamide. »Wenn jemand kommt und sagt als erstes Wort ›Auf Wiedersehen‹, muss man lachen. Oder?«
Lippel lachte auch. »So ist das!«, sagte er. »Nein, ich will nicht gleich wieder weg.«
Die drei folgten Frau Güney ins Wohnzimmer, wo schon der Tisch mit vier Tellern gedeckt war.
Lippel schaute sich neugierig um. Eigentlich sah es aus wie in Frau Jeschkes Wohnzimmer auch. Das Einzige, was man gleich als türkisch erkannte, war die Musik. Ein Kassettenrekorder spielte türkische Lieder.
Dann gab es noch ein paar Fotos und Ansichtskarten neben dem Wandteppich hinter dem Sofa, denen man ansah, dass sie türkisch waren. Lippel betrachtete sie.
Auf einem Foto sah er eine Stadt. Eine Burg auf einem Felsen überragte sie.
»Ist Ankara«, erklärte Arslan. »Ich habe in Ankara geboren.«
»Ich *bin* in Ankara geboren«, verbesserte Lippel. »Ist Ankara eine große Stadt?«
Arslan lachte. »Zehnmal so groß wie hier«, sagte er stolz. »Alles groß! Nicht wie hier. Hier ist alles klein. Kleine Stadt!«

»Findest du?«, sagte Lippel. Ihm kam seine Stadt nicht klein vor.
»Und wer ist das?«, fragte er weiter.
»Ist mein Opa und Oma«, erklärte ihm Arslan. »Habe da gewohnt.«
»Du sprichst doch gut Deutsch!«, lobte ihn Lippel. »Ich weiß gar nicht, warum du nicht reden willst.«
Frau Güney kam mit dem Essen.
Das sah allerdings ganz und gar nicht wie deutsches Essen aus, stellte Lippel fest.
Das Brot war ganz flach, wie ein zu dick geratener Pfannkuchen. Es gab zwar Joghurt. Aber der war nicht etwa süß, sondern mit Gurken und Knoblauch angemacht, so eine Art Salatsoße ohne Salat. Lippel überlegte, ob er wohl nach den Sammelpunkten auf den Joghurtbechern fragen könnte. Er beschloss, es bis nach dem Essen aufzuschieben.
Dann gab es Paprikaschoten, ausgehöhlt und mit Fleisch und Reis gefüllt. Zu allem tranken sie viel Wasser aus Gläsern.
Frau Güney erklärte ihm bei jedem Gericht, wie es hieß. Sie sagte aber die türkischen Namen, und die konnte sich Lippel nicht merken. Sie sprach viel besser Deutsch als Arslan. Fast so gut wie Hamide. Das kam wahrscheinlich daher, weil sie im Blumengeschäft arbeitete. Aber manche Worte betonte sie so seltsam, dass Lippel sich anstrengen musste, um sie überhaupt zu verstehen.
Zum Nachtisch gab es etwas, was sie »Halwa« oder

»Halma« nannten oder so ähnlich. Es schmeckte jedenfalls sehr süß und sehr gut.
Danach traute sich Lippel, nach den Sammelpunkten zu fragen. Zusammen mit Arslan und Hamide durchsuchte er die Abfalltüte und fand auch die Deckel der Joghurtbecher. Doch zu seiner Enttäuschung gab es überhaupt keine Sammelpunkte auszuschneiden. Frau Güney hatte eine ganz andere Joghurtmarke gekauft. Eine ohne jeden Punkt. Aber sie versprach, beim nächsten Einkauf darauf zu achten. (Was Lippel ausgesprochen nett fand.) Nachdem er erst mit Hamide, dann mit Arslan Mühle gespielt hatte, machte sich Lippel auf den Heimweg.
Vorher verabschiedete er sich von Frau Güney und fragte: »Dürfen Arslan und Hamide morgen zu mir kommen? Zum Mittagessen?«
Frau Güney wollte von ihm wissen, ob das seine Eltern auch erlaubten.
»Ach, die erlauben es bestimmt«, sagte Lippel. »Sie sind nur nicht da. Aber Frau Jakob kocht für mich. Es macht ihr nichts aus, für zwei Kinder mehr zu kochen.«
Frau Güney hatte nichts dagegen. Und Arslan und Hamide waren natürlich auch einverstanden. Sie begleiteten Lippel noch ein ganzes Stück, fast bis zur Friedrich-Rückert-Straße.

Frau Jeschke weiß einen Ausweg

»Nun, hast du gut gegessen?«, empfing ihn Frau Jakob. »Wo schmeckt es denn besser? Bei mir oder bei deinen Freunden?«

»Es schmeckt eben verschieden«, sagte Lippel.

Da sie gerade über das Essen sprachen, fragte er auch gleich: »Darf ich morgen meine Freunde zum Essen mitbringen?«

»Freunde? Wie viele sind es denn?«, wollte Frau Jakob wissen. »Nur zwei. Die beiden, bei denen ich heute gegessen habe. Ein Bruder und seine Schwester«, erzählte Lippel.

»Zwei? Na, das geht. Da koche ich morgen also für vier«, sagte Frau Jakob. »Wie ist denn ihr Familienname? Vielleicht kenne ich ihre Eltern sogar.«

»Güney«, sagte Lippel.

»Güney? Ein seltsamer Name!«, sagte Frau Jakob. »Wohnen die schon lange hier? Wie heißen denn deine Freunde mit Vornamen?«

»Er heißt Arslan und sie Hamide«, antwortete Lippel.

»Aber das sind ja Ausländer, oder?«, fragte sie.

»Ja, es sind Türken«, sagte Lippel.

»Türken? Die kommen mir nicht ins Haus!«, sagte Frau Jakob energisch. »Was denkst du dir denn?!«

»Aber wieso? Was haben sie denn gemacht? Warum dürfen sie nicht ins Haus?«, fragte Lippel erstaunt.

»Da fragst du noch?« Frau Jakob war empört. »Was

sagen denn deine Eltern, wenn sie das erfahren! Türken zum Mittagessen. Das hätte gerade noch gefehlt!«

»Aber ich habe sie schon eingeladen. Ich kann sie doch nicht einfach wieder ausladen«, sagte Lippel verzweifelt. »Meine Eltern haben nichts dagegen, das weiß ich genau!«

»Das ist mir egal, diese Ausländer kommen hier nicht herein, solange ich aufs Haus aufpassen muss. Hinterher fehlt dann was, und deine Eltern geben mir die Schuld!«
»Wollen Sie sagen, dass Hamide und Arslan klauen?« Lippel war ganz aufgebracht. »Ich war heute bei ihnen zum Essen, und ich möchte, dass sie morgen bei uns essen.«
»Willst du mir Befehle erteilen? Das wäre noch schöner!«, rief Frau Jakob. »Wir brauchen uns gar nicht weiter darüber zu unterhalten. Sie kommen hier nicht rein. Schluss!«
Lippel ging in sein Zimmer.
Eigentlich hätte er Hausaufgaben machen sollen. Aber er musste immerzu an Hamide und Arslan und an seine Einladung zum Mittagessen denken. Was sollte er nur tun? Wer könnte ihm nur einen Rat geben? Frau Jeschke? Ja, genau das war es! Er würde Frau Jeschke besuchen und sie um Rat fragen. Das mit Muck hatte er ihr auch noch nicht erzählt.
Lippel beschloss, die Hausaufgaben irgendwann später zu machen. Er schlich aus dem Haus, damit Frau Jakob ihn nicht hörte, und ging über die Straße zu Frau Jeschke.
Frau Jeschke freute sich über seinen Besuch.
»Hallo, Lippel«, empfing sie ihn. »Hast du heute schlechte Laune? Du machst so ein finsteres Gesicht. Was hast du denn auf dem Herzen?«
»Viel«, sagte Lippel. »Es ist wegen Frau Jakob. Erst hat

sie den Hund aus dem Haus geschafft, und jetzt will sie Hamide und Arslan nicht reinlassen.«
Er erzählte ihr alles.
Frau Jeschke schüttelte den Kopf. »Das mit dem Hund kann ich ja noch verstehen«, sagte sie. »Wenn es auch schade ist. Ich habe ihn gern gefüttert …«
»Ich auch!«, sagte Lippel aus vollem Herzen.
»… Aber das mit deinen Freunden verstehe ich nicht! Was machen wir da nur? Du kannst doch nicht morgen zu ihnen sagen: Ihr dürft nicht kommen, weil ihr Türken seid!«
»Ja, genau. Die wären so gekränkt, die würden überhaupt nicht mehr mit mir reden. Aber ausladen muss ich sie ja wohl. Was sage ich ihnen nur?«
»Du musst ihnen gar nichts sagen. Weißt du was: Ihr kommt alle drei zu mir zum Essen! Ist doch egal, ob ihr hier esst oder bei euch.«
»Machen Sie das wirklich?« Lippel freute sich unbändig.
Frau Jeschke lächelte. »Wenn sie dich fragen, musst du ihnen natürlich sagen, dass du nicht hier wohnst. Wir wollen sie ja nicht belügen. Aber du brauchst ihnen nichts von Frau Jakobs dummen Sprüchen zu erzählen. Du sagst einfach, dass deine Eltern nicht da sind und dass wir deshalb hier essen.«
»Das stimmt ja auch«, bestätigte Lippel und ging gut gelaunt nach Hause.

Beim Abendessen fragte Frau Jakob: »Hast du dich damit abgefunden, dass diese Türken morgen nicht hier essen?«
»Ja, ja«, sagte Lippel fröhlich. »Ich esse ja auch nicht hier. Wir essen alle drei bei Frau Jeschke.«
»Wie bitte?« Frau Jakob fiel fast die Gabel aus der Hand. »Bei Frau Jeschke?«
Lippel nickte.
»Das tust du nicht!«, sagte Frau Jakob streng.
»Was?«
»Du isst morgen hier!«
»Ich esse mit Hamide und Arslan. Wenn die hier essen dürfen, esse ich auch hier«, sagte Lippel.
»Willst du mich erpressen? Du wirst hier essen. Und zwar mit mir und mit niemandem sonst!«
»Nein«, sagte Lippel mutig.
»Das werden wir ja sehen!«, drohte Frau Jakob. »Du isst hier!«
»Nein!«
»Du bist ein unverschämter Junge! Du gehst zur Strafe sofort ins Bett, verstehst du! Da kannst du dir dann überlegen, wo du morgen zu Mittag isst!«
»Meinetwegen«, sagte Lippel.
Er ging in sein Zimmer, zog sich aus und legte sich ins Bett. Ständig musste er an Hamide und Arslan denken. Aber das durfte er jetzt nicht, er wollte doch seine Geschichte zu Ende träumen! Er versuchte, die Gedanken an seine beiden Freunde wegzuschieben und nur morgenländische Gedanken zuzulassen. Er stellte sich erst

die Hauptstadt vor, dann die Gasse, die Herberge zum Wilden Kalifen, den Innenhof, und gerade als er beim Zimmer in der Herberge angelangt war, schlief er ein und träumte gleich dort weiter.

Der fünfte Traum

Lippel fragte gespannt: »Ist euch in der Zwischenzeit etwas eingefallen?«
Asslam schüttelte den Kopf. »Nichts!«, sagte er kurz.
»Mir leider auch nicht«, fügte seine Schwester hinzu.
»Ich hatte eine Idee«, sagte Lippel. »Aber ich habe sie vergessen!«
Es klopfte. Asslam huschte zur Tür und lauschte.
»Wer ist da?«, fragte er leise.
»Ich! Die Wirtin!« Die dicke Wirtin guckte ins Zimmer. »Es ist beinahe Mittag, und ihr habt immer noch nichts gegessen. Was ist mit euch? Was tut ihr hier drinnen?«
»Wir denken nach«, sagte Asslam.
»Du kannst ja reden!«, rief sie. »Ein Stummer kann wieder reden, und alle sitzen traurig herum! Das verstehe ich nicht. Was habt ihr nur?«
»Eigentlich können wir es ihr ja sagen«, meinte Lippel. »Sie wird uns bestimmt nicht an die Wächter verraten.«
»Was sagen?«, fragte die Wirtin.
»Ich bin Prinz Asslam, der einzige Sohn des Königs und

Thronerbe. Und das hier ist Prinzessin Hamide, meine jüngste Schwester«, sagte Asslam würdevoll.
»Du ein Prinz?« Die Wirtin lachte schallend. »Zwei schmutzige Kinder mit zerrissenen Kleidern und wollen Prinz und Prinzessin sein!«
Hamide zog ihren goldenen Armreif ab und gab ihn der Wirtin.
»Lies, was innen steht!«, sagte sie.
Die Wirtin blickte ungläubig auf Asslam und Hamide und betrachtete dann den Armreif.
»Das königliche Wappen!«, rief sie erschrocken und verneigte sich davor. »Ihr habt den Schmuck doch nicht gestohlen?!« Sie schaute noch einmal von Asslam zu Hamide und sagte dann unsicher: »Jetzt weiß ich gar nicht mehr, was ich glauben soll!«
»Du kannst mir glauben, ehrenwerte Frau«, sagte Hamide. »Es ist mein Armreif. Ich bin Prinzessin Hamide.«
»Wie kommt ihr dann in meine Herberge? In diesen Kleidern! Was bedeutet das alles?« Sie war jetzt völlig verwirrt. »Weiß euer Vater, dass ihr hier seid?«
»Wir müssen es ihr erklären«, sagte Lippel, und die drei erzählten, was sie erlebt hatten.
»Arme Kinder«, sagte die Wirtin mitleidig, als sie ihre Geschichte beendet hatten, und verbesserte sich schnell: »Arme königliche Hoheiten, wollte ich natürlich sagen. Was kann man nur tun? Soll ich in den Palast gehen und dem König einfach sagen, dass ihr hier seid?«
»Das geht nicht«, sagte Asslam verlegen. »Leider würde

man dich gar nicht bis zu meinem Vater vorlassen. Außerdem hat er sich eingeschlossen und will niemanden sehen.«

»Man müsste den Wächter vor dem Palast ablenken, ihn von dort weglocken«, überlegte die Wirtin laut. »Dann könntet ihr schnell in den Palast schlüpfen. Wenn ihr drei erst einmal drinnen seid, kann euch ja nichts mehr geschehen.«

»Das wissen wir«, sagte Asslam. »Aber wie soll man den Wächter ablenken?«

»Dazu ist mir schon was eingefallen«, verkündete Lippel. »*Ich* lenke ihn ab. Es genügt, wenn ihr beide in den Palast gelangt.«

»Und wie sollen wir durch die Stadt bis vor den Palast kommen? Die beiden anderen Wächter könnten uns doch entdecken«, sagte Hamide.

»Mir ist auch etwas eingefallen«, sagte die Wirtin. »Wir haben einen kleinen Garten vor der äußeren Palastmauer. Wir fahren manchmal mit dem Karren hin und arbeiten dort, mein Mann und ich. Ich könnte euch auf dem Karren verstecken. Euch mit leeren Säcken zudecken. Das würde nicht auffallen. Und von der Palastmauer zum Palast ist es nicht weit!«

Die drei schauten sich an: Das war wirklich ein Ausweg! Jetzt war nur die Frage zu lösen, wie Lippel den Wächter weglocken konnte, ohne dass er selbst in Gefahr geriet.

Der dicken Wirtin fiel auch dazu etwas ein:

»Er soll oben auf der Mauer entlanggehen und laut

rufen«, sagte sie. »Ihr werdet sehen, wie schnell der Wächter gerannt kommt!«
»Ist die Mauer sehr hoch?«, erkundigte sich Lippel ängstlich. »Ist sie oben auch breit genug? Stürzt man da nicht ab?«
Asslam hatte andere Bedenken. »Und was ist, wenn der Wächter Lippel erwischt? Wenn er auch auf die Mauer klettert und ihn herunterholt?!«
»Immer der Reihe nach, eins nach dem anderen!«, sagte die Wirtin. »Die Mauer ist nicht viel höher als ein Mann. Und sie ist so dick, dass man ein Fass darauf rollen könnte. Wenn Lippel so mutig ist, von dieser Mauer zu springen, dann weiß ich, was wir tun werden.«
»Was denn?«, fragte Lippel.
»Lippel lässt den Wächter ziemlich nahe herankommen und springt dann schnell hinunter. Natürlich auf der entgegengesetzten Seite. Der Wächter muss erst über die Mauer klettern. Bis er drüben ankommt, habe ich Lippel längst auf meinem Karren versteckt, unter den Säcken. Wenn der Wächter mich fragt, wo der Junge hingerannt ist, zeige ich in eine Gasse und sage, dort wäre er eben verschwunden. – Wie findet ihr meinen Plan?«
»Sehr gut!«, meinten alle drei.
Und genauso wurde alles ausgeführt:
Asslam, Hamide und Lippel legten sich in den Karren. Die Wirtin deckte sie mit Säcken zu, spannte den Esel an und fuhr unbehelligt zu ihrem Garten vor der Palastmauer. Dort hielt sie an und blickte sich um.

»Von den Reitern ist weit und breit nichts zu sehen!«, sagte sie laut. »Ihr könnt herauskommen!«
Die drei stellten sich auf den Karren und spähten vorsichtig über die Mauer. Auf der anderen Seite war ein freier Platz, dahinter eine zweite, noch höhere Mauer mit einem großen Tor. Neben diesem Tor stand der Wächter, an einen Pfeiler gelehnt, und beobachtete die Hauptstraße.
Asslam und Hamide gingen ein ganzes Stück außen an der Mauer entlang, bis sie eine Lücke fanden, durch die sie schlüpfen konnten. Schnell huschten sie von dort über den Platz und schlichen sich von der Seite an das Tor und den Wächter heran.
Schließlich versteckten sie sich hinter einem Gebüsch, gar nicht weit vom Tor entfernt, und gaben Lippel ein Zeichen.
Jetzt kam Lippels großer Auftritt!
Er schwang sich auf die Mauer und spazierte oben entlang. Als ihm das Tor genau gegenüberlag, blieb er stehen. Auf der Fahrt, unter den Säcken, hatte er sich ein Lied ausgedacht. Er holte tief Luft und fing an, laut zu singen:

»Hier steht der Lippel auf der Mauer,
am Tag, im hellen Sonnenlicht.
Dort steht der Wächter auf der Lauer.
Er kriegt den Lippel trotzdem nicht!«

Der Wächter starrte ihn mit offenem Mund an und schien seinen Augen nicht zu trauen. Langsam kam er ein paar Schritte näher.

Lippel sang die zweite Strophe:

»Hier steht der Lippel auf der Mauer,
der Wächter steht dort doof herum.
Der kleine Lippel ist viel schlauer,
der große Wächter, der ist dumm!«

Das schien den Wächter ganz schön in Wut zu versetzen! Jedenfalls kam er jetzt zur Mauer gerannt.
Hinter ihm schlüpften Asslam und Hamide unbemerkt durch das Palasttor.
»Vorsicht, Lippel! Pass auf!«, rief die Wirtin hinter der Mauer.
Lippel lachte. »Er kriegt mich schon nicht. Er ist noch zu weit entfernt«, sagte er übermütig und dichtete schnell noch zwei neue Zeilen:

»Jetzt rennt der Lippel durch die Gassen,
da kann der Wächter ihn nicht fassen!«

»Lippel!«, rief die Wirtin schon wieder. Es klang sehr drängend.
Lippel dachte: Was hat sie nur? So nahe war der Wächter ja wirklich noch nicht!
Aber er wollte die gute Frau beruhigen, lieber zu früh springen als zu spät, und drehte sich um.
Und ihm blieb fast das Herz stehen vor Schreck: Hinter ihm, neben der Mauer, standen die beiden anderen Wächter! Sie hatten ihn von der Stadt aus entdeckt, ihre Pferde zurückgelassen und waren herangeschlichen, während er auf der Mauer gesungen hatte.
Einer von ihnen versuchte schon, Lippels Fuß zu fassen und Lippel von der Mauer zu ziehen.

Lippel schrie: »Hilfe! Helft mir doch! Hilfe!«, und preschte los, oben auf der Mauer entlang.
Auf der einen Seite verfolgte ihn der Torwächter, auf der anderen Seite die beiden anderen. Einer von ihnen blieb stehen, wandte sich um und lief zurück. Lippel ahnte, was er vorhatte: Er würde sein Pferd holen. Vom Pferd aus könnte er Lippel erreichen.
»Hilfe!«, brüllte Lippel, drehte sich auf der Stelle um und rannte auf der Mauer zurück. »Hilfe! Hilfe!«
Oben im Palast wurden einige Fenster aufgerissen. Die Männer der Palastwache schauten, wer da so laut um Hilfe schrie. Einige kamen neugierig aus dem Palasttor.
»Helft mir!«, rief ihnen Lippel zu. Aber sie näherten sich ganz gemächlich und betrachteten nur neugierig das Schauspiel.
Mit dem Mut der Verzweiflung sprang Lippel von der Mauer, auf den großen Platz.
Er versuchte am Wächter vorbeizukommen. Aber der war schneller, packte ihn grob am Arm und hielt ihn fest. Mit der freien Hand griff er nach seinem Schwert.
Lippel zappelte und wehrte sich wie wild.
Inzwischen waren einige Palastwächter und Diener bei den beiden angelangt.
»Du wirst doch gegen so ein Knäblein nicht dein Schwert ziehen wollen!«, sagte einer zu dem Wächter, der Lippel festhielt.
Ein anderer rief erstaunt: »Seht mal! Das ist doch der Fremde, der mit dem Prinzen verbannt wurde! Wo

kommt der denn her?« Im Nu hatten sie Lippels Hände gebunden.
»Wir bringen ihn zum König! Nur der kann entscheiden, was mit ihm geschehen soll. Vielleicht weiß er etwas vom Tod des Prinzen«, sagten sie.
»Los, komm mit in den Palast!«, befahl einer barsch. »Und versuch nicht, zu fliehen!«
»Da braucht ihr gar keine Angst zu haben«, sagte Lippel erleichtert. »Ich fliehe ganz bestimmt nicht. Bitte, bringt mich sofort zum König!«
Inmitten der Wächter überquerte er den ersten Vorhof, den zweiten, dann den Hof, und schließlich standen sie vor der Tür, die zu den Gemächern des Königs führte.
Die Tür öffnete sich.
»Nein!«, rief Lippel. »Noch nicht, bitte!«
Frau Jakob streckte ihren Kopf durch die Tür und sagte: »Aufstehen, Philipp! Es ist sechs Uhr siebenundvierzig!«
Lippel war wach.

Samstag

Kurzes Frühstück, langes Mittagessen

Beim Frühstück fragte Frau Jakob: »Nun, hast du es dir überlegt?«
»Was denn?«
»Das mit dem Mittagessen. Du weißt schon!«
Lippel zuckte mit den Schultern, schwieg und aß seinen Joghurt.
Frau Jakob meinte wohl, sie müsse sich etwas deutlicher ausdrücken. »Du kommst heute zum Mittagessen und isst nicht bei dieser Frau Jeschke! Hast du verstanden?«
»Ich esse bei Frau Jeschke!«, sagte Lippel bockig.
»Wenn du das tust, dann brauchst du gar nicht mehr nach Hause zu kommen!«, sagte Frau Jakob zornig. »Dann …«
»Was ist dann?«, fragte Lippel vorsichtig.
»Du wirst es sehen. Ich warne dich!« Frau Jakob stand auf. »Du kannst allein frühstücken. Mir ist der Appetit vergangen«, sagte sie und verließ die Küche.
Lippel hatte keine Lust, allein am Frühstückstisch zu sitzen. So nahm er seinen Schulranzen und ging zur Schule.

Nach der Schule machte er sich mit Arslan und Hamide auf den Weg zu Frau Jeschke. Er blieb immer auf der anderen Straßenseite, damit sie nicht zu dicht an Frau Jakob vorbeikamen. Er hatte Angst, sie könnte aus dem Haus stürzen, wenn sie ihn entdeckte, und ihn hineinzerren.

»Das da drüben ist unser Haus. Da wohne ich«, erklärte Lippel Arslan und Hamide.

»Da wohnst du? Aber wo gehen wir hin?«, fragte Hamide.

»Gehn wir nicht zu dein Haus?«, fragte Arslan und blieb stehen.

»Nein, nein«, sagte Lippel schnell und zog ihn mit sich. »Meine Eltern sind ja nicht da. Das wisst ihr doch. Deswegen essen wir bei einer Freundin, bei Frau Jeschke.«

Es duftete schon nach Essen, als Frau Jeschke ihnen die Tür öffnete. Lippel stellte seine beiden Freunde vor. Frau Jeschke begrüßte sie gut gelaunt, und Lippel und Hamide halfen gleich beim Tischdecken.

Zuerst gab es eine Suppe mit Buchstabennudeln. Jeder versuchte natürlich die Nudelbuchstaben zu finden, die zu seinem Vornamen gehörten.

Dann brachte Frau Jeschke einen Rinderbraten und Kartoffelklöße auf den Tisch.

Arslan und Hamide hatten noch nie Klöße gegessen und teilten sich erst mal einen, zum Kosten. Arslan war nicht sehr davon begeistert und durfte sich in der Küche ein Stück Brot holen. Hamide schmeckte es, sie aß gleich zwei Klöße.

Aber das Beste waren die eingemachten Kirschen hinterher!
Auf Lippels Vorschlag hin blieb Frau Jeschke am Tisch sitzen und die drei Kinder machten den Abwasch.
Anschließend spielten sie. Bis Viertel vor vier. Eckenraten, Elfer raus und Mensch-ärgere-dich-nicht.
Beim Mensch-ärgere-dich-nicht spielte auch Frau Jeschke mit, denn mit vier Spielern macht es mehr Spaß als mit dreien.
Um vier mussten Arslan und Hamide nach Hause. So verabschiedeten sich die drei von Frau Jeschke, bedankten sich noch einmal und gingen.
Lippel begleitete die beiden anderen bis zur Ecke Herderstraße. Dort trennten sie sich.
»Bis Montag!«, sagte Lippel. »Bis zur Schule!«
»Bis zur Schule!«, wiederholte Arslan.

»Und was machen wir am Montagnachmittag?«, fragte Lippel.
»Zusammen spielen«, schlug Hamide vor.
»Gute Idee!«, sagte Lippel.
»Also dann bis Montag!«, sagte Hamide und ging mit Arslan nach Hause.

Frau Jeschke greift ein

Kurz darauf klopfte Lippel noch einmal bei Frau Jeschke.
»Lippel, du?«, fragte sie erstaunt. »Wolltest du nicht auch nach Hause gehn?«
»Doch, schon …« Er zögerte mit seiner Antwort.
»Warum gehst du nicht? Was ist denn?«
»Ich trau mich nicht!«, gestand er.
Frau Jeschke blickte ihn verblüfft an. »Du traust dich nicht nach Hause?«, fragte sie. »Warum denn nicht?«
»Ich glaube, Frau Jakob haut mich, wenn ich komme«, sagte er leise. »Sie hat heute Morgen gesagt, sie warnt mich. Wenn ich nicht zu Hause esse, dann passiert was, hat sie gesagt …«
»Das ist ja die Höhe! Das darf doch nicht wahr sein!«, rief Frau Jeschke entrüstet. »Ich komme mit zu euch. Sie wird dich nicht verprügeln, dafür sorge ich!«
Frau Jeschke zog die Hausschuhe aus, die sie sonst den ganzen Tag trug, und schlüpfte in schwarze Halbschuhe.

»Ich zieh mir nur meine gute Bluse an«, sagte sie zu Lippel. »Nur noch fünf Minuten!«
Gemeinsam gingen sie über die Straße und klingelten an der Haustür. (Obwohl Lippel ja seinen Schlüssel dabeihatte.)
Frau Jakob öffnete. »So, da bist du also!«, sagte sie zu Lippel. Ihr Tonfall verhieß nichts Gutes. »Komm herein!«
Sie schaute durch Frau Jeschke hindurch, als wäre sie Luft, und hätte ihr bestimmt die Tür vor der Nase zugeschlagen, wenn Frau Jeschke nicht einfach mit Lippel zusammen ins Haus gegangen wäre.
»Guten Tag«, sagte Frau Jeschke höflich, als sie im Flur stand. »Ich bin Frau Jeschke.«
»Das habe ich mir fast gedacht«, sagte Frau Jakob. »Haben Sie vor, uns zu besuchen?«
»Ich bin mit Lippel gekommen …«, fing Frau Jeschke an.
»Mit wem?«, fragte Frau Jakob.
»Mit mir«, erklärte Lippel ihr.
»Ach so, mit Philipp«, sagte Frau Jakob. »Das ist allerdings nicht zu übersehen, dass Sie mit Philipp gekommen sind.«
Frau Jeschke ließ sich nicht aus der Ruhe bringen.
»Ich bin mit Lippel gekommen, weil er Angst hat, dass Sie ihn schlagen könnten«, vollendete sie ihren angefangenen Satz. »Weil er doch heute bei mir gegessen hat.«
»Ich ihn schlagen? So ein Unsinn!« Frau Jakob lachte

spitz. »Ein typisches Hirngespinst von dem Jungen. Ich schlage nie. Er bekommt allerdings Zimmerarrest!«

»Sie können ihm doch nicht Zimmerarrest geben, nur weil er bei mir zum Essen war!«, sagte Frau Jeschke empört. »Das geht doch nicht!«

»Das müssen Sie schon, bitte schön, mir überlassen!«, sagte Frau Jakob. »Ich bin schließlich für den Jungen zuständig und nicht Sie!«

»Nein, das werde ich Ihnen nicht überlassen!« Frau Jeschke wurde richtig laut. »Ich habe den Jungen eingeladen.«

»Das ist Ihre Schuld, nicht meine«, sagte Frau Jakob kalt.

»Wissen Sie was?!« Frau Jeschke ging auf Frau Jakob zu und tippte ihr mit ihrem dicken Zeigefinger auf die Schulter. »Sie können gehen!«

»Gehen? Was soll das heißen?«

»Sie dürfen einen Tag früher hier Schluss machen. Die eine Nacht bleibe *ich* bei dem Jungen!«

»Das ist unmöglich, schließlich werde ich dafür bezahlt!«, sagte Frau Jakob entrüstet. »Wie stellen Sie sich das vor?!«

»Wenn es nur an der Bezahlung liegt, können wir das Ganze bestimmt regeln. Ich spreche mal mit Herrn Mattenheim. Sie haben doch sicher die Telefonnummer von Lippels Eltern.«

»Nein, die habe ich nicht«, sagte Frau Jakob.

»Sie steht auf dem Zettel neben dem Telefon«, sagte Lippel.

Frau Jeschke wählte sorgfältig.

Frau Jakob stand daneben und machte ein Gesicht, als wolle sie das Telefon auf Frau Jeschkes Kopf zertrümmern.

»Guten Tag! Können Sie mich bitte mit Herrn Mattenheim verbinden?«, fragte Frau Jeschke.

Sie wartete. »Hallo, sind Sie es, Herr Mattenheim? Wie gut, dass Sie im Hotel sind! Hier ist Jeschke, Frau Jeschke, von gegenüber. – Ja. – Wir haben hier ein Problem. Ich würde gern noch die letzte Nacht und den halben Tag morgen hierbleiben und mich um Lippel kümmern«, sagte sie. »Lippel hätte das, glaube ich, auch lieber.«

»Viel lieber!«, schrie Lippel neben ihr ins Telefon. »Hundertmal lieber, Papa!«
Frau Jeschke lauschte ins Telefon und sagte »Ja« und noch einmal »Ja«, dann »Nein, nein!« und »Ja, genauso ist es leider gekommen. Da haben Sie recht!«.
Schließlich fragte sie: »Sie haben also nichts dagegen, wenn Frau Jakob heute schon geht? – Und Frau Jakob bekommt den vollen Lohn für alle sieben Tage? – Gut, dann steht dem ja nichts mehr im Weg.« Sie reichte den Hörer an Frau Jakob weiter. »Herr Mattenheim möchte Sie gerne sprechen!«
Mit versteinertem Gesicht nahm Frau Jakob den Hörer entgegen.
Lippel lauschte gespannt. Aber er hörte nur »Ja« und noch einmal »Ja« und »Wenn Sie meinen!«. Dann knallte sie den Hörer auf.
»Ich wollte doch auch mit Papa sprechen!«, beschwerte sich Lippel. Aber Frau Jeschke schob ihn hinter sich und sagte dabei: »Das ist jetzt nicht so wichtig. Das kannst du später immer noch. Erst muss das andere geklärt sein.«
»Das ist unerhört! Eine richtige Frechheit!«, schimpfte Frau Jakob. »Mich einfach so rauszuwerfen! Aber bei dieser Familie war das fast vorauszusehen!«
»Es wirft Sie doch keiner raus. Sie dürfen einfach einen Tag früher nach Hause«, sagte Frau Jeschke.
»Und wie soll ich nach Hause kommen? Soll ich etwa durch die halbe Stadt zu Fuß gehen? Mit einem Koffer in der Hand?«

Lippel schlug das Telefonbuch auf, suchte eine Nummer und wählte dann.
»Wen rufst du an?«, fragte Frau Jakob.
»Ich bestelle ein Taxi für Sie«, erklärte Lippel ihr, und ins Telefon sagte er: »Ist da die Taxi-Zentrale? Können Sie bitte ein Taxi in die Friedrich-Rückert-Straße 49 schicken? Bei Mattenheim. In zehn Minuten. – Ja. Danke!«
»Soll ich das Taxi etwa selbst bezahlen?«, fragte Frau Jakob.
»Nein, natürlich nicht«, sagte Lippel.
»Und wo willst du das Geld herbekommen?«
»Im kleinen Holzkästchen auf der Kommode habe ich Geld für Notfälle«, antwortete Lippel.
»Ja, das kann man zur Not als Notfall bezeichnen«, stimmte Frau Jeschke zu.
Eine Viertelstunde später rauschte Frau Jakob ab. Sie ging, ohne »Auf Wiedersehn« zu sagen, und schlug erst die Wohnzimmertür, dann die Haustür laut hinter sich zu.
Lippel und Frau Jeschke beobachteten durch die Fensterscheibe, wie sie draußen ins Taxi stieg und losfuhr.
Als das Auto verschwunden war, sagte Frau Jeschke: »So, und nun machen wir uns einen richtig gemütlichen Abend!«
Es war ziemlich spät, als Lippel endlich ins Bett kam. Frau Jeschke war noch einmal nach Hause gegangen und hatte ihr Waschzeug und ein Nachthemd geholt.
Danach hatten sie zu Abend gegessen, gemeinsam ab-

gespült, Mühle gespielt und ziemlich ausführlich nachgeschaut, was denn so alles im Fernsehen lief.
Jetzt lag Lippel in seinem Bett, gähnte laut, räkelte sich – und schon war er eingeschlafen.

Sonntag

Lippels Buch

Als Frau Jeschke nach ihrem Morgenbad trällernd an Lippels Zimmer vorbeiging, um unten das Frühstück zu richten, kam Lippel heraus. Er sah missmutig und verschlafen aus, die Haare standen ihm vom Kopf.

»Guten Morgen, Lippel«, sagte Frau Jeschke fröhlich. Sie war morgens immer besonders gut gelaunt.

»Morgen!«, sagte Lippel unwirsch.

»Was ist denn? Bist du böse? Hab ich dich etwa durch mein Singen aufgeweckt?«, fragte Frau Jeschke.

»Nein, nein. Ich bin nicht böse auf Sie«, versicherte Lippel. »Ich ärgere mich nur: Ich habe heute Nacht überhaupt nicht geträumt!«

»Gar nicht? Gibt es das?«, fragte Frau Jeschke erstaunt.

»Ich hab schon geträumt. Von der Schule und von Arslan und Hamide. Von Ihnen, glaube ich, auch. Aber ich habe meinen Fortsetzungstraum nicht weitergeträumt. Jetzt weiß ich wieder nicht, wie die Geschichte ausgeht!«, seufzte Lippel.

»Das ist schade«, sagte Frau Jeschke.

»Na ja, ich träume die Geschichte eben morgen Nacht zu Ende«, sagte Lippel entschlossen.

»Ich fürchte, das wird nicht klappen«, sagte Frau Jeschke. »Wenn ein Fortsetzungstraum einmal unterbrochen ist, träumt man bestimmt nicht mehr da weiter, wo man aufgehört hat!«

»Was soll ich denn tun?« Lippel war ganz unglücklich. »Es fehlt nur noch der Schluss. Ich muss doch wissen, wie alles endet!«

Frau Jeschke überlegte. »Hast du mir nicht mal etwas von einem Buch erzählt, das dir Frau Jakob weggenommen hat? Ging damit nicht die ganze Geschichte los?«

»Ja, ja«, antwortete Lippel. »Aber sie hat das Buch versteckt. Das finden wir bestimmt nicht!«

»Wart mal!«, rief Frau Jeschke und ging ins Elternschlafzimmer. Gleich darauf kam sie heraus und hatte Lippels Buch in der Hand.
»Da ist es ja!«, rief Lippel. »Wo haben Sie denn das gefunden?«
»Ach, gestern Abend wollte ich vor dem Einschlafen noch ein bisschen lesen. Da habe ich im Regal neben dem Bett nachgesehen, ob dort vielleicht irgendein Buch zu finden ist. Und da war wirklich eines: das hier! Da sind recht hübsche Geschichten drin. Hast du die von der Schlangenkönigin schon gelesen?«
»Nein«, sagte Lippel. »Die interessiert mich jetzt auch gar nicht. Ich brauche die Geschichte vom König und seinem Sohn!«
Aufgeregt nahm er sein Buch und legte sich gleich auf das Bett. Seine Finger zitterten, als er die Seiten umblätterte. Er fand die Geschichte sofort und fing an zu lesen.
Aber nach kurzer Zeit kam er herunter zu Frau Jeschke in die Küche. Niedergeschlagen setzte er sich an den Frühstückstisch.
»Was ist denn jetzt schon wieder?«, erkundigte sich Frau Jeschke. »Du machst ein Gesicht, als hätte man dir dein Buch schon wieder weggenommen!«
»Die Geschichte stimmt gar nicht!«, sagte Lippel ärgerlich. »Im Buch steht etwas ganz anderes. Nur der Anfang ist richtig. Im Buch kommt überhaupt keine Tante vor. Die Böse ist da eine Odaliske. Ich weiß nicht einmal, was das ist, eine Odaliske!«

»Odaliske? Weiß ich auch nicht«, gab Frau Jeschke zu. »Aber deine Eltern haben bestimmt ein Lexikon.«
»Ja, in Papas Arbeitszimmer«, sagte Lippel.
»Dann schlagen wir doch gleich mal nach!«, schlug Frau Jeschke vor. Die beiden suchten im Lexikon beim Buchstaben »O«, bis sie das Wort fanden.
»Odaliske: eine weiße Haremssklavin«, las Lippel vor und schimpfte los: »Aber die Tante ist doch keine Sklavin! Wo soll denn eine Sklavin so viel Goldstücke herhaben! Sie ist die Frau des verstorbenen Königsbruders!«
Frau Jeschke unterbrach ihn. »Du musst weder auf dein Buch noch auf das Lexikon schimpfen. Die können beide nichts dafür«, sagte sie. »Du hast eben *deine* Geschichte weitergeträumt. Die hast du im Traum erfunden. Das ist doch schön, wenn man so etwas kann!«
»Ja, schon«, sagte Lippel zögernd. »Aber wie erfahre ich, wie die Geschichte endet?«
»Denk dir halt einfach einen Schluss aus«, sagte Frau Jeschke. »Stell dir einfach vor, wie alles ausgegangen ist!«
»Nein, das geht nicht!« Lippel schüttelte unwillig den Kopf. »Dann erfahre ich doch nie, ob der Schluss auch wirklich stimmt!«
»Weißt du was?« Frau Jeschke legte ihm den Arm um die Schulter und ging mit ihm in die Küche zurück. »Vergiss jetzt die Geschichte! Vielleicht träumst du sie weiter, vielleicht auch nicht. Denk lieber an heute! Deine Eltern kommen doch. Wie wäre es, wenn wir sie mit einem schönen Mittagessen empfangen?«

Lippel musste zugeben, dass dies ein guter Vorschlag war. Erst frühstückten sie in aller Ruhe, dann räumten sie das Geschirr weg und fingen an zu kochen.
Frau Jeschke war von Papas Küchenmaschinen ganz hingerissen. Zuerst presste sie für sich und Lippel einen Orangensaft aus, dann Karottensaft und schließlich Apfelsaft. Sie behauptete zwar, sie täte es wegen der guten Vitamine. Aber Lippel wusste ganz genau, dass sie es wegen der elektrischen Saftpresse machte.
Schließlich war das Essen fertig und der Tisch gedeckt. Frau Jeschke rannte noch schnell über die Straße, um aus ihrer Speisekammer ein Glas eingemachter Birnen zu holen, als Nachspeise, und dann war alles bereit.

Die Heimkehr

Punkt zwölf klingelte es.
Lippel stürzte zur Tür und öffnete: Die Eltern waren da! Mutter stellte ihren Koffer ab und umarmte Lippel stürmisch. »Lippel, mein Junge!«, rief sie. »Du hast mir richtig gefehlt!«
»Ich freu mich auch, dass ihr da seid!«, sagte Lippel.
»Wie war denn die Woche? Wie geht es dir? Hast du uns vermisst?«, fragte Mutter. »Du hast Schwierigkeiten mit Frau Jakob gehabt? Was war denn los? Warum ist denn Frau Jeschke gekommen?«
Vater stand ungeduldig daneben und sagte zu Lippel:

»Bevor du Mamas sämtliche Fragen beantwortest, möchte ich dich aber erst mal in den Arm nehmen.«
Lippel umarmte seinen Vater.
Dann kam auch Frau Jeschke aus der Küche und wurde von Lippels Eltern herzlich begrüßt.
Alle vier gingen ins Esszimmer und setzten sich an den schön gedeckten Tisch.

»Lippel wird heute leider das Gleiche essen wie gestern«, sagte Frau Jeschke. »Ich musste kochen, was Frau Jakob gekauft hat. Und sie hat für heute ausgerechnet Rinderbraten vorgesehen.«

»Aber gestern gab es Klöße dazu und heute Nudeln«, sagte Lippel. »Und außerdem schmeckt Ihr Braten so gut, dass man ihn jeden Tag essen kann.«

»Hat Frau Jeschke denn schon gestern hier gekocht?«, fragte Vater erstaunt. »Ich dachte, da wäre Frau Jakob noch da gewesen.«

»War sie auch. Ich habe mit Arslan und Hamide bei Frau Jeschke gegessen«, sagte Lippel.

»Mit wem?«, fragte Vater.

»Es wird immer geheimnisvoller!«, sagte Mutter.

Lippel lachte. »Das sind meine neuen Freunde«, sagte er.

»Freunde? Das ist ja schön. Wo hast du sie denn kennengelernt? Und warum habt ihr bei Frau Jeschke gegessen?«, fragte Mutter. »Am besten, du erzählst alles der Reihe nach. Alles, was du in der Woche ohne uns erlebt hast.«

Und Lippel erzählte von Frau Jakob, von der Schule, von Muck, dem Hund, und von Familie Güney.

Die Eltern hörten gespannt zu, und Mutter sagte zu Frau Jeschke: »Bei Ihnen muss ich mich gleich dreifach bedanken: weil Sie die Freunde von Lippel eingeladen und weil Sie Frau Jakob weggeschickt haben. Und für das gute Essen heute!«

»Und für den Nachtisch«, sagte Vater und nahm sich

schon zum dritten Mal von den eingemachten Birnen.
Frau Jeschke wurde richtig verlegen. »Nicht der Rede wert!«, sagte sie. »War doch selbstverständlich.«
Nach dem Nachtisch fragte Vater: »Lippel, wie viele Sammelpunkte hast du jetzt eigentlich? Hast du schon alle hundert?«
»Wenn Frau Jakob nicht ständig meine Punkte weggeworfen hätte, könnte ich schon die Bilder bestellen. Ich habe nämlich genau achtundneunzig, wenn man die Joghurts im Kühlschrank mitzählt«, sagte Lippel.
Vater lachte und sagte zu Mutter: »Dann mach mal schnell deine Handtasche auf!«
Mutter kramte in ihrer großen Handtasche und holte vier Sammelpunkte heraus.
»Wo habt ihr die her? Gibt es in Wien auch Joghurts mit Punkten?«, rief Lippel überrascht.
»Nein, nein. Aber wir haben uns im Zug, im Speisewagen, natürlich immer Joghurt bringen lassen!«
Lippel freute sich. »Toll! Jetzt hab ich über hundert Punkte! Ich kann die Bilder bestellen«, sagte er begeistert.
»Aber das ist nicht das Einzige, was wir dir aus Wien mitgebracht haben«, sagte Vater, holte ein großes, buntes Buch aus dem Koffer und drückte es Lippel in die Hand.
Lippel blätterte das Buch durch. »Viele Bildergeschichten! Alles farbig!«, sagte er zufrieden.
»Es ist die Geschichte von einem Jungen namens

Nemo«, erzählte Vater. »Nemo träumt jede Nacht. Und hier sieht man seine Traumabenteuer.«
Das hätte er lieber nicht sagen sollen! Denn damit hatte er Lippel nur an seinen Fortsetzungstraum erinnert und daran, dass immer noch der Schluss der Geschichte fehlte! Lippel legte das neue Buch beiseite. Es machte ihm keinen Spaß mehr.
Er setzte sich in einen Sessel und starrte niedergeschlagen vor sich hin.
»Was ist denn plötzlich los? Haben wir etwas Falsches gesagt? Bist du beleidigt?«, fragte Mutter ratlos.
»Was hast du denn auf einmal?«, fragte auch Vater.
»Ich kann es mir schon denken«, sagte Frau Jeschke. »Das Buch hat ihn an seinen Fortsetzungstraum erinnert. Ist es nicht so, Lippel?«
Lippel nickte.
»Fortsetzungstraum? Was bedeutet das?«, fragte Mutter. »Sag doch!«
Und Lippel fing noch einmal an zu erzählen: von Mutters Buch, dem Anfang der Geschichte und wie er dann weiterträumte, von Prinz Asslam und Prinzessin Hamide, von der morgenländischen Stadt, vom Palast, der Herberge, bis hin zum Ende seines letzten Traums.
»Und jetzt weiß ich nicht, wie die Geschichte ausgeht«, sagte er unglücklich. »Dabei fehlt mir wirklich nur der allerletzte Schluss! Ich muss noch vor den König gebracht werden. Ich meine: nicht ich, sondern der Traum-Lippel. Ihr versteht schon!«
»Ja, ja«, sagte Mutter. Sie überlegte eine Weile.

Schließlich sagte sie: »Ich glaube, ich weiß, wie die Geschichte ausgeht!«
»Woher weißt du das? Hast du sie schon mal gehört? Oder irgendwo gelesen?«, fragte Lippel aufgeregt.
»Das ist doch egal«, sagte Mutter. »Hauptsache, ich weiß, wie alles endet!«
»Ja, das stimmt«, bestätigte Lippel.
Und Mutter erzählte:

Das Ende der Geschichte

Lippel, der Gefangene, wurde in den Palast geführt. Die Wächter, die ihm die Hände gebunden hatten, gaben ihn an die Hofwächter weiter, denn sie durften die königlichen Gemächer nicht betreten. Die Hofwächter reichten ihn an die Oberhofwächter weiter, und die schließlich lieferten ihn bei der Leibwache des Königs ab.

Der Anführer der Leibwächter fragte streng: »Wer bist du, und was willst du?«

Lippel sagte: »Ich bin Lippel. Wieso fragst du, was ich will? Schließlich hat man mich gewaltsam hierhergebracht. Aber du darfst mich zum König bringen!«

»So, darf ich das?«, fragte der oberste Leibwächter zornig. »Dir werden deine Witze schon vergehen, wenn du vor dem König stehst!«

Der König hatte seine Gemächer wieder verlassen und saß im Thronsaal, als Lippel hineingeführt wurde.

Der Leibwächter staunte nicht schlecht, als der König gleich befahl: »Löst seine Stricke! Bringt ihm ein weiches Sitzpolster, ein großes Glas Feigensaft und eine Schale mit Obst!«

»Danke schön«, sagte Lippel und setzte sich. »Wenn ich

um etwas bitten darf, dann hätte ich lieber einen Joghurt als Feigensaft.«
»Habt ihr gehört?«, rief der König sofort seinen Dienern zu. »Besorgt ihm den besten Joghurt aus dem königlichen Eisschrank!« Dann wandte er sich an Lippel und forderte ihn auf, ihm alles zu berichten.
Lippel erzählte ihm von der Niedertracht der Tante, von seiner Flucht im Sandsturm, von den drei Wächtern und vom Versteck in der Herberge, von der dicken Wirtin und von seiner Gefangennahme.
Der König hörte zu und nickte manchmal. Es war, als wollte er sich nur bestätigen lassen, was er schon längst wusste. Die Diener und Leibwächter, die auch der Geschichte lauschten, konnten ihren Zorn kaum zügeln.
»Gestatte mir, mein König, dass ich die drei ungetreuen Wächter auf der Stelle festnehme!«, rief der Anführer der Leibwache aufgebracht. »Sie könnten sonst fliehen.«
»Nimm die drei gefangen, und lass sie ins Gefängnis werfen!«, befahl der König. »Holt sofort die Wirtin aus der Herberge zum Wilden Kalifen! Und bittet die Witwe meines Bruders in den Thronsaal! Verratet niemandem, was ihr hier gehört habt.«
Es dauerte eine Weile, bis alles geschehen war. Inzwischen hatte man auch Lippels Joghurt hereingebracht. Er schmeckte zwar nicht schlecht, aber Lippel fand es wirklich unnötig, dass der Joghurtbecher aus purem Gold war. Einer mit Sammelpunkt hätte ihm besser gefallen.

Zuerst führte man die dicke Wirtin herein. Sie war schrecklich aufgeregt. Schließlich hatte sie mitgeholfen, als Lippel einen Palastwächter verhöhnt hatte! Aber als sie Lippel frei und fröhlich vor dem König sitzen sah, legte sich ihre Angst ein bisschen.

Der König rief sie zu sich. »Ihr habt ein gutes Herz, ehrenwerte Frau«, sagte er. »Und Ihr habt meine Kinder gerettet. Das werde ich Euch nie vergessen. Ich werde Euch reich belohnen. Setzt Euch einstweilen dort auf jenes Kissen, und seht zu, wie die Gerechtigkeit ihren Lauf nimmt!«

Jetzt kam die Tante herein.

Als sie Lippel vor dem König sitzen sah, stutzte sie und erbleichte. Schließlich hatte sie angenommen, er sei tot wie die beiden anderen! Aber sie fasste sich schnell und ließ sich nichts anmerken, als sie vor den König trat.

»Ihr habt mich gerufen, lieber Schwager und mächtiger König«, sagte sie mit einer Verbeugung. »Was kann ich Unwürdige für Euch tun?«

Der König deutete auf Lippel und sagte: »Dieser Junge hier, der sich Lippel nennt, erzählt, Ihr hättet den Tod von Prinz Asslam und Prinzessin Hamide geplant. Ihr hättet den drei Wächtern einen Beutel mit Goldstücken gegeben, damit sie die beiden umbringen!«

»Dieser Lippel ist ein unverschämter Lügner«, behauptete die Tante frech. »Schaut ihn doch nur an: Er ist ein Fremder, ein Ausländer. Er stammt gar nicht aus unserem Land! Man soll ihn köpfen, denn er hat dem König ins Gesicht gelogen!«

»Wollt Ihr alles leugnen?«, rief der König zornig.
»Ich muss nichts leugnen, lieber Schwager! Nicht einmal in Gedanken könnte ich Euren Kindern ein Haar krümmen«, log die Tante. »Die Nachricht von ihrem Tod hat mein Herz mit tiefer Trauer und unendlichem Weh erfüllt. Was gäbe ich, wenn sie noch am Leben wären!«
»So, was würdest du denn geben«, fragte der König drohend. »Auch deinen Kopf?!«
»Wie meint Ihr das, lieber Schwager?«, fragte die Tante.
Der König antwortete nicht. Er erhob sich und zog einen Vorhang beiseite. Dahinter standen Prinz Asslam und Prinzessin Hamide! Neben ihnen saß Muck. Er sah übel aus: Sein linkes Vorderbein war verbunden, und es fehlte ihm ein Ohr. Aber immerhin war er am Leben!
»Elende! Du wolltest den Tod meiner Kinder!«, schrie der König. »Dafür sollst du die Strafe erleiden, die du Lippel zugedacht hast!«
»Gnade, Gnade!«, rief die Tante und fiel auf die Knie.
»Man köpfe sie!«, befahl der König. »Für Lippel hat sie auch nicht um Gnade gebeten.«
Asslam trat vor. Jetzt zeigte sich, dass er nicht umsonst von Sindbad dem Weisen erzogen worden war.
»Mein Vater«, sagte er. »Schon einmal habt Ihr ein hartes Urteil zu schnell gefällt: Als Ihr mich verbannt habt. *Später* hat es Euch leidgetan. Wenn Ihr später auch *dieses* Urteil einmal bereut, wird es *zu spät* sein. Dann

kann man es nicht mehr ungeschehen machen. Darum mildert Eure Strafe!«

»Was soll ich also tun? Was schlägt mein Sohn vor?«, fragte der König.

»Sie soll die gleiche Strafe erhalten, die Ihr uns zugedacht hattet. Sie soll für immer aus dem Land verbannt werden.«

Und so geschah es. Die dicke Wirtin aber, die den Kindern so selbstlos geholfen hatte, wurde zum Dank dafür zur königlichen Ober-Obstverwalterin ernannt.

Sie durfte die Feigen aus den königlichen Hofgärten einkochen, und sie und ihr Mann bekamen fortan ein Jahresgehalt von zwölftausend Dinar netto. Ohne jeden Steuerabzug!

Der Schluss

Mutter schaute die drei Zuhörer erwartungsvoll an. »Nun, hat euch meine Geschichte gefallen?«, fragte sie. »Du meinst: Der Schluss von *meiner* Geschichte!«, sagte Lippel. »Sehr schön! Jetzt weiß ich, dass alles gut ausgegangen ist.«

»Wirklich sehr schön!«, sagte auch Vater, und Frau Jeschke nickte.

Lippel lehnte sich zufrieden im Sessel zurück und blätterte in seinem Buch. Was für ein herrlicher Sonntag!, dachte er, während er die farbigen Bilder betrachtete: Seine Eltern waren

wieder da, er hatte alle hundert Sammelpunkte
beieinander, morgen Nachmittag würde er
mit seinen neuen Freunden spielen.
Und die morgenländische Ge-
schichte hatte, endlich,
ein schönes, rundes
ENDE.

Unglaubliches erlebt auch Motte in »Kleiner Werwolf« von Cornelia Funke. Es folgt eine Leseprobe.

Es passierte an einem Sonntagabend im Oktober. Einem scheußlichen Abend.
Motte war mit Lina im Kino gewesen und als sie hinaus auf die Straße traten, war es schon ganz dunkel. Motte mochte die Dunkelheit nicht. Wenn es nach ihm ginge, dann hätte man die Nacht längst abgeschafft. Die Nacht, den Mond und alles, was dazugehörte.
Ein feuchter, kalter Wind wehte ihnen entgegen. Er trieb verwelkte Blätter vor sich her. Leute schlugen die Kragen hoch und machten, dass sie nach Hause kamen. Hunde knurrten sich an. Zwischen den Wolken hing milchig weiß der Mond.
»Ein blöder Film«, sagte Lina. »Absolut blöde.«
Ohne ein weiteres Wort machte sie sich auf den Heimweg. Mit so langen Schritten, dass Motte wie immer Mühe hatte hinterherzukommen. Lina war einen Kopf größer als er und seine allerbeste Freundin. »Also, ich fand ihn nicht schlecht«, sagte er.
»Kann ich mir vorstellen«, antwortete Lina.
Sie mochten nie dieselben Filme. Lina mochte alles mit Tieren, Motte mochte Weltraumgeschichten. Lina mochte Filme, in denen alle schrecklich nett zueinander waren. Motte mochte die, in denen es von Fieslingen

nur so wimmelte. Aber das Streiten darüber brachte beiden Spaß, viel mehr als die Filme selbst.
»Dieser Kerl sah so dämlich aus!«, schimpfte Lina. »Hast du sein Kinn gesehen? Gott, sah der blöd aus.«
Motte fand, dass er wunderbar ausgesehen hatte. So stark und heldenhaft. Und mindestens zwei Köpfe größer als alle anderen.
Sie bogen in den kleinen Weg zur U-Bahn-Unterführung ein. Wie weißer Rauch hing ihr Atem in der Luft.
»Brrr!« Lina verzog das Gesicht. »Ich hasse es, da durchzugehen. Es stinkt und ist unheimlich.«
»Ach, nun komm schon«, sagte Motte. Nach dem Kino war er immer mutiger als sonst.
Der Tunnel in der U-Bahn-Böschung gähnte ihnen wie ein schwarzes Maul entgegen. Er sah wirklich nicht sehr einladend aus, aber es war der kürzeste Weg nach Hause. Lina griff nach Mottes Hand. »Igitt«, sagte sie, »heute stinkt es besonders scheußlich, was? Irgendwie anders als sonst.« Ihre Schritte hallten unheimlich in der Dunkelheit. Linas Stimme klang seltsam hohl. »Hallo, ist da jemand?«, rief sie.
»He, lass das!«, sagte Motte. Er tastete sich an der kalten, feuchten Tunnelwand entlang – Commander Motte, gelandet auf einem unbekannten Planeten… Aber sogar für Commander Motte war diese Dunkelheit ein echter Herzschlagbeschleuniger.
Über ihre Köpfe dröhnte die U-Bahn hinweg. Dann war es wieder still.
»Motte!«, flüsterte Lina. »Motte, guck mal.«

»Lass die blöden Witze!«, brummte er.
Aber Lina machte keine Witze.
Von der anderen Seite fiel das Licht einer Straßenlaterne in den Tunnel. Und da, nur einen Schritt vor dem Tunnelende, stand eine Gestalt.
Kein Mensch. Ein Hund oder etwas Ähnliches.
»Toll«, sagte Motte. »Ein Hund. Du magst doch so gerne Hunde.«
Er mochte sie überhaupt nicht. Kein bisschen.
»Der sieht aber unheimlich aus«, flüsterte Lina und blieb stehen. »Sollen wir nicht lieber umdrehen?«
Motte schüttelte den Kopf. Lächerlich. Umdrehen wegen eines Hundes. Er konnte sich genau vorstellen, was sein großer Bruder dazu sagen würde. Langsam ging er auf die dunkle Gestalt zu.
Der Hund hob witternd die Schnauze. Seine Augen waren gelb, gelb wie Bernstein. Den Schwanz hatte er zwischen die Hinterläufe geklemmt.
Motte drückte sich gegen die Tunnelwand. Je mehr Abstand zwischen ihm und der spitzen Schnauze war, desto besser.
»Der hat ja gelbe Augen!«, zischte Lina. »Kein Hund hat gelbe Augen.« Sie versuchte Motte am Arm zurückzuzerren. »Komm weg! Das ist ein Wolf. Ein echter Wolf!«
»Quatsch.« Motte schob sich weiter an der Tunnelwand entlang. Das war nun wirklich zu albern. Ein Wolf mitten in der Stadt.
Der Hund hob den Kopf und folgte ihm mit den Augen.

Sie leuchteten in der Dunkelheit wie goldenes Feuer. Motte schob sich gerade langsam, ganz langsam an ihm vorbei, da stieß sein Fuß gegen eine leere Cola-Dose. Mit lautem Scheppern rollte sie dem Hund vor die Pfoten. Motte zuckte zusammen.
Lina schrie auf.
Und der Hund schnappte nach Mottes Hand. Schnell wie der Blitz. So schnell, dass es fast nicht wehtat.
Dann machte er einen Satz – und verschwand in der Dunkelheit.
»Er hat dich gebissen!«, rief Lina entsetzt. »Oh nein, er hat dich gebissen! Tut's sehr weh?«
»Nein«, murmelte Motte. Er guckte gegen die schwarze Tunnelwand. Bloß nicht auf die Hand sehen.
»Komm!« Lina zerrte ihn hinter sich her, raus aus dem Tunnel, unter die Laterne.
Motte kniff die Augen zu und hielt ihr die Hand hin. Ganz heiß fühlte sie sich an. Heiß und klopfend.
»Na, ein Glück!«, seufzte Lina. »Sieht nicht so schlimm aus.«
»Wirklich?« Motte wagte immer noch nicht sich die Bescherung anzusehen. »Ist sie – ist sie nicht irgendwie zerfetzt oder so?«
»Quatsch!« Lina kicherte. »Ist nur ein Kratzer.«
Zögernd öffnete Motte die Augen. »Ich kann einfach kein Blut sehen. Ganz komisch wird mir davon.«
»Hm, schwer zu glauben.« Lina zog ein Taschentuch aus der Jacke und wickelte es ihm um die Hand. »Und was ist mit den Filmen, in die du mich immer schleppst?«

»Filme sind was anderes«, sagte Motte.
Auf wackeligen Beinen folgte er Lina über die Straß
vorbei an den Geschäften, die gerade schlossen, bis s
vor dem Haus standen, in dem sie beide wohnten
Motte im Erdgeschoss, Lina ganz oben.
»Na, dann.« Lina stieß die Tür auf. »Und geh morgen
zum Arzt, ja? Wegen Tollwut und so.«
»Ja, ja!« Motte guckte ihr nach, wie sie mit langen
Beinen die Treppe hinauflief. Dann versteckte er die verletzte Hand in der Jackentasche und drückte auf die Klingel.